Storytellers

04

CANESERPENTE

Gian Ruggero Manzoni

Quondam Books

© 1993, 2013 Gian Ruggero Manzoni
© 2013 Quondam Project, Internet

Quondam Books
1ª edizione ebook | marzo 2013
1ª edizione print | febbraio 2019

Quondam Books è un marchio di Quondam Project

cover design | L/B
immagine | Massimo Mazzoni

ISBN 978-88-97728-66-5

quondamproject.com

INDICE

CANESERPENTE

A Vostra Eccellenza Luigi Napoleone,
Presidente dei Francesi

Signore, oltre alla Domanda di Riabilitazione che da tempo, in molti, mi consigliano di sottoporVi, Vi spedisco anche la prima raccolta di memorie che segue la richiesta che mi fece a nome Vostro il Segretario Particolare Signor Gatès, quindi il poeta Alphonse de Lamartine, e che spero vada a soddisfare l'interesse e la curiosità che da sempre avete dimostrato nei confronti della mia persona, di quella di Louis de Saint-Just, e riguardo a un'epoca e alla violenza che l'ha contraddistinta.

Se possibile, e se la morte non mi coglierà entro breve, ne farò seguire una seconda con la quale tratterò del periodo in cui militai sotto le insegne del Vostro Illustrissimo zio l'Imperatore Bonaparte e di altri avvenimenti, civili e militari, legati a quegli anni per noi tanto esaltanti, ma puranco disastrosi.

Sappiate inoltre che, per la resa e la stesura di queste pagine, ho cercato di fare del mio meglio. Vi chiedo comunque di perdonare le eventuali omissioni, i molti appunti legati fra loro in maniera non consona e quindi sgarbata, gli argomenti a tratti volgari e spietati, la scrittura varia e claudicante dovuta alla stanchezza, ai malanni che mi affliggono, all'età estrema, alla mancanza di letture e, soprattutto, ai quasi 35 anni passati fra queste mura. Ci tengo in egual modo che Voi sappiate, quale Persona di Onore e di Fede Nazionale, che mai mi faceste dono maggiore di quando mi chiedeste di poter ricordare e quindi di affidare alla carta le vicende di un essere umano quale sono io: ora galeotto e cifra fra le cifre. Non posso dirVi altro se non che mi ridonaste identità e considerazione personale; e tantomeno non posso prostrarmi con maggior vigore alla Vostra Clemenza e alla Vostra Generosa Ammissione se non cercando di accontentarVi e di narrare con sincerità su quei caotici giorni e su quel fervore.

Ancora ringraziandoVi per le penne di ottima qualità, per i fogli preziosi, per le candele olandesi, e per la frutta secca del Marocco, unisco i più Profondi Sensi di Rispetto e il mio Riconoscente Saluto.

Vostro Fedele Cittadino

Gabriel Rouge-Gorge

Matricola 3011.
Nel 1816 graziato dalla Pena di Morte
commutata dal Regio Tribunale di Caen
in Carcere a Vita.

MEMORIA I

Prologo ed epilogo. I pensieri di Saint-Just. Il 28 luglio 1794 e riguardo a quel mese e a quella cabala temporale. Sull'arresto e sull'attesa. Sul mio prodigarmi, e sul considerare l'Arcangelo più dell'amore che portavo a me stesso.

"Che grande fantoccio è mai il popolo. Allorquando il progetto non ha frontiere, e la sua attuazione potrebbe risultare incessante e imperitura, finisce per spaventarsi. E quando gli uomini rifiutano il sacrificio che la grande idea genera, allorché dall'astratto agonia il concreto, qualsiasi progresso è frenato e ritardato. Qualsiasi occasione viene travisata e i secoli si accavallano, assieme ai mondi e alle categorie umane, senza nulla portare, senza nulla volere. Infatti, per la massa, è inconcepibile ragionare su di una presenza carnale e solida, priva di materiale consunzione o di morte fisica, senza abbandonarsi al timore che la sensibilità, la dolce rimembranza, la passione e la commozione, che la caducità e la brevità della vita nella mente generano, non si perdano a favore della più inquietante, impegnativa e implacabile freddezza collettiva che pare, alla maggior parte dei cittadini, l'attributo primo e intrinseco al tentativo di realizzare una società ideale e perfetta; e quindi di porre le basi di un'esistenza eterna e trasmissibile. Tale pensiero crea negli uomini un'ansia deprimente e ancestrale che solo l'incontrarsi con il buio, con il diamante, con Dio, con la vittoria e con l'inebriante gloria a lungo andare nelle viscere genera... perciò inconcepibile voler donare l'immortalità a coloro che, seppur già possedendola nel sangue, non raffinano gli strumenti per riconoscerla e adattarla a loro stessi, o, di fatto, la rifiutano, perché incompatibile con il mediocre concetto che hanno di lotta, di felicità e di piacere. La vetta, l'estremo incanto, la galoppata estenuante non possono dimorare a fianco dei bisogni terreni che formano l'odierno gusto e l'odierna cultura borghese. Non possono creare titaniche imprese, ma solo piccole emozioni e titubanti preamboli amorosi, scialbi accoppiamenti e bestiali livori, perché gli uomini, soggiogati dalla memoria, amano la caducità della vita e quello struggimento..."

E così – mio Presidente – egli rifletteva; o questo con sdegno rimuginava, mentre si opponeva e rigettava gli sguardi ostili degli agenti e delle guardie. Così liberava l'anima e l'arroganza nel tentativo di proteggere la sua differenza, e i suoi 26 anni.

Per le ambizioni di Louis-Antoine-Léon de Saint-Just luglio era sempre stato torrido ma decisivo. Un rincorrersi di contraddizioni e di maniacali attenzioni che si sfogavano in una caparbia aggressività, o nel disprezzo verginale e assoluto per tutto ciò che era troppo umano, grazioso e familiare. Per tutto ciò che, da esaltato, reputava vigliacco e banale.

Stretto in un abito color nocciola, da ormai tre giorni non dormiva.

Ancora luglio. Il luglio giuliano e gregoriano. Il Quintile romano, il Termidoro dei rivoluzionari e dell'Armata del Reno, nel calendario dell'Anno II della Repubblica Tricolore, elaborato da un infantile e scherzoso drammaturgo chiamato Fabre d'Églantine, adoratore dei sollazzi arcadici e delle divinità boschive.

Ancora una svolta, e ancora un 28 di quel mese in cui, nel 1789, gli Stati Generali si erano convocati a Versailles; in cui la Bastiglia era caduta; in cui, nel '90, con il grado di Luogotenente Colonnello della Guardia Nazionale della provincia dell'Aisne, Louis si era recato a Parigi alla Festa della Federazione; o proprio quando, nel '91, gli antipopolari avevano compiuto la strage al Campo di Marte; o anche, nel '92, dopo aver esposto nella piazza della sua Blérancourt il busto di Mirabeau, quando era tornato nella capitale per acquistare Beni Nazionali; oppure nel '93, allorché, il 10 del mese, entrò a far parte del Comitato di Salute Pubblica quale membro effettivo, e quale instancabile e sommo inquisitore di tiepidi moderati, di corruttori, di girondini, e di politici senza valore.

Ancora luglio. Questa volta il luglio del 1794, con le tante minacce dirette nei suoi confronti, con l'ultima riunione dei Comitati, e l'assurdo tentativo di farsi proclamare dittatore della Francia. Poi l'arresto, il 9 Termidoro, all'improvviso, nel bel mezzo della seduta alla Convenzione, senza poter reagire o, forse, senza più la voglia di insegnare e di vivere. Quindi, in un susseguirsi frenetico di eventi, la prigione al carcere degli Scozzesi, l'insurrezione della Comune, la convulsa liberazione, il rifugiarsi presso il Municipio, e di nuovo la cattura, alle due del mattino, agli albori di quell'infausto 28 luglio, 10 Termidoro, data che segnerà il crollo del sogno giacobino. E di seguito... le funi che gli addentarono i polsi, il tragitto fino alle Tuileries, assieme ai fedeli Payan e Dumas, e al suo protettore, nonché maestro, Maximilien Robespierre, il quale, ferito alla mascella, veniva trasportato in barella, agitato e ingiuriato dagli sbirri portantini. Poi le strade di Parigi, ormai deserte, e il vano della finestra, al secondo piano, nell'anticamera della Sala delle Deliberazioni dove, in piedi e senza acqua, da 26 anni egli attendeva il divino precetto e l'estrema soluzione.

Sempre luglio. Una data. Un monito. Un cerchio che si andava a chiudere nelle cicliche alternanze di vantaggi e di perdite che rendono statica e perenne la singola esistenza e l'andamento dell'umanità intera. Un'età come un'altra, un nome scelto fra mille altri per indicare la nascita e la morte, un guadagno, un naufragio, una salvazione, negl'incessanti e schiumosi flutti di marea. Un periodo che ogni uomo, nella propria diversità, battezza e venera quale esclusivo tesoro, ma la cui essenza, il cui fuoco più celato e originale, nell'infinità dei fuochi celesti è pur sempre il medesimo. E pur sempre... una dimenticata e incessante preghiera.

Per la stanchezza e per la poca luce la fronte leggera gli ronzava e, a stento, egli riusciva a celare i mancamenti che, via via più frequenti, gli limavano le gambe e la schiena. Ma non voleva svenire. Non voleva che il cuore cedesse, anche se nel petto sembrava un merlo impazzito che, avvertendo la cecità e il supplizio, nella trappola dell'uccellatore cozza contro i pali e le reti per poi, rassegnato, crollare a terra spossato e convinto.

Non voleva dar soddisfazione ai funzionari, alla milizia e a tutti coloro i quali, fino a qualche ora avanti, lo avevano rispettato, temuto, e gli avevano obbedito come voce inalterabile che muoveva a sostegno dell'uguaglianza e del diritto.

Saint-Just non voleva abbandonarsi a supplicare e a perorare. Non voleva insultare o sbeffeggiare. Non voleva far leva sulle altrui defezioni, sui meriti o sui vizi.

Louis, detto l'Arcangelo, non voleva e basta. Aveva assunto l'atteggiamento distaccato e indifferente di quando affrontava i momenti più difficili. In quelle condizioni al limite in cui dava il meglio di sé, così da venire appellato "uomo delle ore decisive".

Sudava appena, anche per la debolezza e la malattia che l'appariscente cravatta di organza da sempre gli copriva. Una tubercolosi alle ghiandole del collo, una sanguisuga che fin da bambino, nella stagione calda, o nei periodi di nervosismo, gli ulcerava la gola segnandola di cicatrici.

Egli sudava e brillava, marcato nei lineamenti e affascinante come mai lo avevo visto. I capelli lunghi e folti, il viso ovale, il naso importante, gli occhi verdi con il sole e grigi con le nubi, la carnagione lievemente pallida, la bocca leggermente dischiusa a mangiare aria, e gli anelli alle orecchie, come quando il pittore David lo aveva ritratto nello studio alla Madeleine; e ancora alto e diritto, allorché le *cocottes* del Palais-Royal se lo contendevano e gli donavano i gioielli per la Patria e la Difesa.

Appena mi notò egli alzò il capo lievemente, e con un cenno delle sopracciglia mi fece capire che aveva inteso. Quindi, forse perché io presente, o perché esausto causa la pressione e l'atmosfera, dopo ore di ostinato mutismo finalmente parlò per domandare al vicino Commissario un fiuto di tabacco delle Antille. Questi, preso alla sprovvista, e visibilmente impacciato, agitando il cappello piumato si affrettò ad allungargli una sottile scatola di metallo, ma un altro militare, superiore di grado e ordinato al seguito dei giudici, con il fodero della sciabola gl'impedì il tiro e il sollievo, mentre la nube di polvere volava leggera sul pavimento. Ne seguì un parapiglia con cancheri e spintoni. I due delegati si offesero a morte, tirando in ballo genitori e sorelle, mentre Payan e Dumas colpirono un anziano scrivano giunto dai tribunali. Fu allora che ne approfittai per affiancarmi a Louis e mormorargli che appena condotto fuori dal palazzo avremmo tentato di agire; poi, senza neppure attendere il suo avviso, scalciando e imprecando mi feci largo e guadagnai lo scalone e quindi l'uscita. Il vecchio papiro firmato da quel traditore del Presidente Collot d'Herbois, a nome della Convenzione, mi era tornato utile. Girai l'angolo, attraversai i giardini, e mi precipitai, mano al pugnale, verso il lungofiume, là dove avevo lasciato il cavallo, il buon Jean, e i miei due fratelli appena giunti dalla provincia; e credetemi – mio Presidente – per chissà quale motivo, anch'io cominciai a sentire il peso che l'eccitazione prolungata del condannato, mista al profondo senso di disperazione che egli avverte in chi lo ama e lo avvicina, proietta nello stomaco e si raggela nelle dita; ma alcuni versi del famigerato poema *Organt*, che il nostro

Angelo aveva composto qualche anno prima, iniziarono a girarmi fra le tempie e dentro l'animo, ridandomi affezione e pregio, abilità e certezza nella vita e nel momento, al punto che, respirando il profumo del tiglio e del ginepro, da pazzo li gridai, provocando e sbattendo forte i piedi:

Voglio suscitare splendide chimere
che ci rallegrino.
Per un attimo mi sento re del mondo.
Trema, o malvagio: la tua felicità
sta per finire.
Trema, o malvagio, avrò il tempo di svanire.

MEMORIA II

Due anni prima. Il dipanarsi della storia. L'arrivo a Parigi. La condizione generale. Come avvicinai De Batz e l'Occulta Organizzazione. La mia nuova identità. Il giuramento. Il denaro. Quindi la parabola di Angione.

Nella casa di una certa Claudette, già praticante dalla famosa Madame Jardin, ecco "la nazionale", "la speranza" o "alla bambina", con coroncine di rose e fettucce a 30 soldi l'una; oppure "alla cannoniera", "alla muraiola" o "alla zingaresca", con perle di vetro e piccole trecce... – e le ricordo ancora, con mia somma gioia – queste furono le acconciature che vidi reclamizzate su di un cartello appeso alla porta di una bottega da merciaio, poco fuori Sceaux, un sobborgo della capitale, il pomeriggio di due anni prima, il giorno 31 agosto 1792, quando scesi dalla carrozza postale che faceva linea da e con la Vandea...

Mano a mano che ci si avvicinava a Parigi, partendo dalla nostra regione e risalendo la valle della Loira, per poi, giunti a Orléans, tagliare verso Chartres, sempre più si notavano i danni causati dalla marmaglia e dalla mancanza di motivati proprietari. Campi incolti, stalle vuote, cani inselvatichiti, contadini allo sbando e ragazzi e giovinette con falci, forche e roncole che, sulle piazze e nei cortili, ad ogni minima occasione si davano allo scherzo e a ballare la Carmagnola, attorno alle fontane o all'Albero della Libertà; e ovunque, nelle città e nei villaggi, turbe di monelli cenciosi i cui assalti neppure la frusta del postiglione più crudele riusciva a frenare; e anche file di ogni genere e per ogni genere; da chi, presso la sede comunale o il giudice di pace, si doveva registrare o sposare, a chi, invece, si voleva divorziare. Poi quelle per la carne, per la farina, per le bustine farmaceutiche, per conquistare l'entrata al Banco dei Pegni – gli unici rimasti aperti erano in mano agli ebrei e agli egiziani – quindi le lunghe teorie per trovarsi un lavoro o per arruolarsi così che, da nullatenenti e da scalzi, si arrivasse a possedere almeno un cucchiaio o un paio di scarpe risuolate, messe a disposizione dalla Rivoluzione e dallo Stato.

E toccava di solito alle donne rimanere per ore e ore sotto il sole o sotto la pioggia, anche perché la stragrande maggioranza dei maschi era al fronte o in fabbrica a lavorare. E dappertutto Commissari e sanculotti – con il berretto frigio, gli zoccoli nei piedi, la coccarda e la fascia – sempre e solo Commissari e sanculotti incaricati di sorvegliare la distribuzione e l'ordine, bravi nell'elargire colpi di mazza o di nerbo, quando scoppiavano baruffe e questioni, oppure, all'occorrenza, disposti a intascare i favori dall'abate che non aveva giurato fedeltà alla Costituzione, o dal sudicio banchiere in odore di strozzinaggio; o ad approfittare delle calde insenature della cittadina supplicante e disperata, o della duchessa spolpata e agonizzante... sempre e ovunque guardiani e gregari, pronti a barattare e a taglieggiare, a verbalizzare e ad accaparrare, senza nome e senza vanto.

Da parte mia, iniziato per cortesia – da quel bigotto di mio cugino Cristophe – al culto della Madonna e della regina, a soli 24 anni mi ero trovato assoldato, come spia e agitatore politico, dal Barone de Batz e dalla sua "Occulta Organizzazione", i quali, ben presto e in grande stile, mi avevano affibbiato un incarico e imposto il nomignolo clandestino di Rouge-Gorge, perché un mio antenato, Conte de La Bruffière, aveva dato l'assalto alla fortezza di La Rochelle, notorio covo di ugonotti protestanti, armato di sola spada e ricoperto di una cappa rossa e nera, al punto che, per Volontà Sovrana, un baldo "pettirosso" era volato sul nostro stendardo, andando a rinforzare quel lusinghiero potentato. E appunto Rouge-Gorge era diventato il mio finto cognome, sulle carte e anche sui documenti identitari, unito al vero Gabriel, maestro d'armi e tiratore scelto, originario di Tours e in viaggio fino all'Île de la Cité per entrare, quale infiltrato, nella Guardia Nazionale o nella Polizia di Stato.

Tanto per chiarirVi le idee, dovete sapere che il Barone de Batz, come i più importanti controrivoluzionari, non aveva fissa dimora. I suoi scopi erano quelli di salvare il re e tutta la famiglia reale da un eventuale attentato o dalla mannaia. Di far espatriare gli aristocratici più in vista o già schedati, e di eliminare, con ogni mezzo possibile, i robespierristi e i deputati della Montagna... cioè i giacobini, i cordiglieri, gli arrabbiati, e i più accesi repubblicani radicali.

Infatti, da come si muoveva, subito capii che egli era il primo nemico del nuovo ordine sociale; e dalla taglia che aveva sulla testa, che in ogni dove veniva ricercato...

A seguito di una macchinosa trafila, che coinvolse anche il Vescovo di Saintes e il Console russo Kazakov, mi incontrai con De Batz nel dicembre del '91, in un salottino del Caffè del Mercato, nel pieno centro di Poitiers, proprio davanti alla chiesa di Saint-Pierre.

Egli era un uomo possente e vistoso, di circa 40 anni. Agente di borsa e finanziere, vestiva alla moderna con frac nero e pantaloni di cachemire. Non portava la parrucca e, mentre infervorato dialogava, dagli occhi grandi e chiari emanava lampi furiosi e indirizzati, intercalati da fissità seducenti e calme; infatti tutto in lui denunciava l'impegno assoluto e totale, e la tenace determinazione che ogni agire richiede al buon congiurato.

Dopo un qualche assaggio di retorica, in De Batz mi accorsi inoltre che dimorava una doppia tendenza caratteriale. La cocciuta e rozza ostinazione tipica del nobile guascone, qual era di nascita, e la scaltrezza uterina di uno smaliziato e infame Cardinale Richelieu, la cui scuola, dagli Oratoriani, aveva imparato. Infatti, a naso e sull'epidermide, non ebbe la facoltà di persuadermi, ma, per curiosità e interesse, mi disposi ad ascoltarlo.

Ancora rammento come, sorseggiando un liquore alla ciliegia, sorvolando i preamboli di circostanza, ben presto venne al sodo, trovando il bandolo della matassa e stringendomi un braccio.

«Caro Conte de La Bruffière» disse «mi hanno dato buone informazioni su di voi e noto che, nonostante la giovane età, quando discutete di certi affari il vostro polso è fermo, il labbro non batte, e così il destino diviene per voi un inutile rebus. Ma ora ve lo chiedo... siete convinto e quindi disposto a votarvi alla nostra causa?» E io, con fare accorto, ma volutamente esagerato: «La mia esasperazione è giunta al termine. I beni del mio casato stanno per essere confiscati. Non ho più centro a cui rivolgermi e governo con cui protestare. Che altro mi resta, se non fare la mia parte?».

Ciò lo colpì molto, ma, con garbo, mi volle ancora sondare: «Lo trovo insufficiente, mio buon amico. Non pensate che le guerre si vincano esclusivamente perché ci si sente defraudati di un qualcosa. Bisogna anche credere di possedere la verità e il modello ideale da proporre».

Gli risposi con voce roca e senza indugiare: «La superiorità per cui lotto scaturisce dal dolore».

E De Batz, visibilmente catturato: «Già essere un crociato vi renderà invincibile. Sì, avete ragione, la nostra superiorità cresce quanto più derisa o gettata nella polvere».

Dal tono che usò mi parve definitivamente conquistato, ma volli rincarare la dose e, sostenendogli lo sguardo, iniziai a dire con foga: «Barone, disponete di me a vostra discrezione. Giuro sulle anime benedette dei miei genitori... che io possa morire e che il diavolo mi porti... se non mi prodigherò nel distruggere gli avversari del nostro sangue e della nostra religione».

A quelle parole De Batz mi afferrò di nuovo per il gomito, quindi, con fare compiaciuto e intrigante, mi rassicurò: «Bravo figliolo» disse «mi avete convinto. Durante la prossima estate vi recherete nella capitale dal Professor Johann Kaspar Lavater... per voi sarà un contatto e un'ottima guida spirituale... ma prima, e senza indugiare, andate dal gioielliere Verdet, qui a Poitiers, in rue des Écoles al numero 5: egli è già al corrente sul da farsi e vi preparerà le referenze e i salvacondotti. Per ciò che riguarda il denaro non vi preoccupate, provvederemo noi alla quantità che vi sarà necessaria».

Detto questo si alzò atletico e, preso il cappello a cilindro, datami la mano, sparì oltre i tendaggi.

Recandomi da Verdet, ripensai attentamente alla nostra breve conversazione.

L'unico aspetto interessante rimastomi, a parte il nome di Lavater – a quei tempi personaggio molto popolare e conosciuto – era quello che si riferiva all'*argent* e alla disponibilità del medesimo. Da oltre 50 anni la mia famiglia tirava avanti come poteva. La rivoluzione ci aveva colti già defraudati e in miseria. Matrimoni e investimenti sbagliati, donne di stile e mercenarie, corse di cani e peripezie legali, eredità divise e contestate. Tempesta e burrasca. Morale, i miei congiunti e io non avevamo più nulla da perdere se non l'onore che, mio malgrado, nel bisogno è adattabile e relativo e, di certo, non un grande ostacolo per il genio o per il disperato. Ma poco male. Infatti, non sempre il cambiamento giunge a dispetto. Anche il Tiranno Angione aveva capitolato a favore del rivale Bronte, il quale molto si era prodigato al punto di rubargli scettro e moglie. Aveva capitolato proprio un anno prima che lo schiavo Tigenesto si svegliasse una mattina con in bocca il sapore di vendetta e di rivolta.

Bronte, perché sovrano, venne immediatamente ucciso e a testa in giù sepolto; la moglie seviziata e data alle orche; Tigenesto e i suoi complici passati a fil di spada dai fedeli cavalieri accorsi, i quali, per virtù e acclamazione, di nuovo elessero Angione come monarca, ridandogli il trono e femmine per il trastullo.

Difatti, a volte – mio Presidente – la leggenda diviene realtà, e la rievocazione un possibile trionfo. Non a caso dal sangue di avvoltoio rinasce il leone, e dal ventre della serpe sbuca la talpa che, succhiata ma indomita, ha continuato a scavare fin oltre la morte.

Non a caso – mio Signore – la spirale che tutto inghiotte diventa a giorni la facoltà che permette la fuga dalla prigione, e dal più nero sconforto.

MEMORIA III

Lungo le strade della capitale. Il precetto dei maestri. La falsità. Rue du Bouloi. La differenza fra campagna e città o fra dialetto e vernacolo. E così, per finire, sulla sacralità e sulla perdita; sul rifugio e sulla difesa.

Nella polverosa Sceaux, distante circa sei miglia dagli Champs-Élysées, nonostante il prodigarmi non trovai alcun mezzo disponibile per raggiungere la Senna. Non posso negare che il via vai dei traini e delle carrozze non fosse incessante, così come il flusso di popolani e villici i quali, oltremodo padroni del mondo, andavano e venivano dopo aver comprato o ceduto l'anima; ma per la fretta, perché sovraccarichi, per la fragilità della merce trasportata, per un motivo o per un altro nessuno mi faceva salire. In verità, l'unica causa plausibile era anche la più scontata. Per non farmi notare non volevo sventolare un mazzo di assegnati, o elargire un pugno di "livree" monarchiche; infatti, da qualche tempo, e non solo fra la soldataglia affrancata, ci si era dimenticati la primordiale fratellanza rivoluzionaria, o la pia carità cristiana – attitudini che di solito si accompagnano alla quiete naturale o alla povertà atavica – per favorire il credito e la mancia, ben più urbani e laici, nonché, per i borghesi e i mercanti, ben più mistici e trascendentali.

Per fortuna che, appoggiate al muro di cinta di una fornace, notai alcune carriole usate dagli operai addetti al magazzino delle argille. Senza curarmi ne presi una, vi caricai l'enorme borsa di cuoio e la sacca con gli stivali da montagna quindi, fino in città, me la spinsi davanti.

La luce cadeva nitida e obliqua, mentre una brezza tenue e irregolare tirava da nord, nordovest. Era l'alito dell'Inghilterra, come diceva mia madre. Dopo tre giorni, al pari dello scirocco, avrebbe guidato la saetta e il temporale.

Benché fossi un *campagnard*, uno venuto dalle province, mi scoprii subito quale attento e navigato viaggiatore. In vita mia non avevo mai udito così netto e profondo il battito della Francia, ma, immediatamente, fra la gente e i palazzi entrai con esso in sintonia, dilatando e comprimendo a ritmo e con cadenza modulata la pompa latina che avevo in petto. Proprio quella che regala i sentimenti e l'empiria. Quella che mi aveva introdotto nel grembo umido di Parigi, mettendo a nudo la mia voglia di successo e il prorompente desiderio di facili conquiste. Un intimo e morboso pulsare che induce a pensieri bizzarri e a-morali. A lucide considerazioni e a dichiarazioni amorose, scomposte e innaturali. Oppure istiga l'odio liberatore, o anche, inventa una sfrontata e spregiudicata scala di valori. Al che – mio Presidente – in quell'ora sincera e svelata, non potei fare a meno di ricordare la saggezza dei classici che dai Barnabiti avevo studiato. Platone, Seneca, Erasmo, Tommaso Moro e la parafrasi filosofica con cui davano lettura agl'intricati percorsi dell'indole umana. Perché non esiste altro che un tumulto o la guerra civile per agevolare chi non ha scrupoli e ideali. Non c'è altro che la tribolazione di alcuni, e la loro angoscia, per invitare i restanti a banchettare, rapinare, e procurare l'incidente che, di nuovo, e con rigurgito tremendo, farà precipitare l'individuo nell'oblio dello scontro, nell'infinito inseguirsi di contendenti, vittime, aggrediti e persecutori, quali maglie di una catena il cui inizio può, in sé, contenere anche la fine della storia. Comunque, mai come in quella tarda giornata, mi sentii consapevole dei miei trascorsi, così come delle armi che portavo indosso e dell'opera che, spudorata e barbara, stavo andando a cominciare.

Il grasso fratello Verdet, ingegnoso falsario dell'Organizzazione, aveva lavorato bene. Con l'esperienza dell'orafo, e con strumenti alquanto delicati, era riuscito a incidere e a graffiare un paio di cliché come giusta imitazione dei sigilli statali. Difatti, giunto alla porta di San Giacomo, poco ci mancò che, sebbene stessi spingendo quel trabiccolo cigolante, i futuri poliziotti repubblicani, visti i fogli sbandierati verso l'alto, non si mettessero sull'attenti e in rivista. Al secondo cancello, quello dei Pedaggi, mi invitarono a entrare nel corpo di guardia e a bere sidro e a mangiare carne salata. Quindi, sgarbati, fermarono un biroccino e a strattoni consigliarono il guidatore di accompagnarmi in avanti, poi, gridando «Abbasso i tiranni! Viva l'uguaglianza e il popolo della Comune!», ci diedero il via con pacche sul sedere dei cavalli.

Per meglio continuare, e nel giusto inquadrare la vicenda, ora Vi confiderò che il falso ruolo pubblico, la falsa disponibilità da me ostentata, e le false ideologie professate, non mi avevano mai confuso e neppure reso pazzo. Non mi pesava essere torbido e sfaccettato, anzi, in quei giorni, reputavo che fossero delle qualità apprezzabili. La mia e l'altrui ipocrisia mi entusiasmavano, rendendo la vita una burla e un continuo sollazzo, una sofisticata assegnazione, e una trasgressione individualista e spietata – tutti requisiti che mi concedevano la possibilità di creare giustificazioni e alibi. In detto clima, e in detta circostanza, ogni occasione era quindi da sfruttare, dovendo esplicare un compito che poi non mi apparteneva e neppure mi affascinava.

Ammesso ciò, con maggiore tranquillità dirò che l'appartamento che De Batz mi aveva assegnato si trovava nel quartiere Saint-Eustache, in rue du Bouloi, al numero 32, proprio oltre il fiume, a pochi passi dal Palais-Royal e dal Teatro Francese.

Sceso dal carretto, congedai il cocchiere regalandogli il bambù da passeggio che portavo. Era storto e consumato e avevo già pensato di acquistarne un altro.

Incuriosito, subito mi guardai attorno.

Il mio palazzo, dalla facciata in pietra e dai cornicioni e dalle finestre verdi e oro, nonché dagli strani grifi di metallo che sostenevano lo sporto del tetto, sorgeva fra altri anch'essi ben tenuti, e sicuramente abitati da professionisti, commercianti e avvocatura. A non più di tre piani e la mansarda, quegli edifici si caratterizzavano per le serie di abbaini a quattro e a cinque, e per i camini robusti e di bella geometria. Ogni tanto, dietro una barriera di metallo, si apriva un giardinetto o un cortile ben curato, e fra gl'ippocastani e gli oleandri si scorgeva un villino, una rimessa, uno stallaggio, o un gazebo adibito allo svago e alla sfilata delle scimmie e dei mastini napoletani – concorsi alquanto di moda in quella Parigi contrastata. Inoltre la via, per quasi tutta la sua lunghezza, era ghiaiata – un vero lusso – e poca la plebaglia che vi si avventurava. Un qualche strillone di giornale, il venditore di parasole, il garzone del fornaio, il lurido ammazzatopi, chiamato da questo o quel proprietario infestato, la carbonaia, che vestiva da uomo per stare a suo agio durante lo scarico, il legnaiolo, l'acquaiolo, e altri per mestiere e non per caciara. Molte bambinaie e, nonostante la rivolta in atto, un migliaio di servette e bamboline tuttofare, piacevoli da guardarsi e da toccare.

A tale vista, e sfiorato dalla grazia e dal cherubino che tinge le albe e i tramonti, ritornai con la mente a casa. Rividi gli alberi di Vandea, le torri e le spianate che giungono fino al mare. Ritornai e rivisitai le forme del distacco...

Sappiate – mio Signore – che nelle nostre campagne, al pari degli abitanti e delle bestie, anche ogni angolo del borgo, quasi sia animato, porta una denominazione particolare la cui genesi, di solito, deriva da un fatto accaduto in quel posto, da una calamità in quel luogo abbattutasi, oppure da dicerie o da tradizioni che gli attribuiscono poteri benigni o, per l'oscuro, lo maledicono. A Legé, per esempio, dove la mia famiglia aveva avuto un castello per la caccia, il gruppo di capanne di legno e fango che sorge di là dal canale ancora viene detto "La Bruciata", perché, nel 1574, un incendio le aveva carbonizzate. Oppure il boschetto che si staglia oltre il camposanto a tutt'oggi lo battezzano "La Chioma del Codardo"; infatti, in quel luogo, nell'anno 1625, un moschettiere aveva lasciato trucidare alcuni fanciulli dai briganti alsaziani così che, la notte seguente, bloccato dai residenti, gli venne mozzata la testa che poi fu legata per i capelli alla pianta più alta, e lì fatta marcire per intere settimane.

Tramite quei soprannomi, e la suggestione prodotta da essi, e per merito delle storie che in dialetto provenzale, fiammingo, corso, occitanico, bretone, basco, i vecchi raccontano e tramandano, le popolazioni, calate nei loro ambienti naturali, riescono a orientarsi, sfruttando tali riferimenti e gl'incubi che il sonno regala, quasi che la narrazione e la rimembranza di una comunità mischino volutamente l'immaginario con le date, forse per la conservazione di un'identità, e quindi per tutelarsi dall'esterno e dal reale. Non a caso, solo a chi vive in dette contrade i misteri vengono svelati, non certo ai viandanti o agli stranieri occasionali. Ma ciò non funziona per la città la quale, seppure ricca di segrete prospettive, non si affida alla tradizione e all'arcano, venendo profanata da milioni di piedi estranei, dalla celerità, e dall'evoluzione più turpe e più sfrenata; di modo che, in detta maniera, non avendo alcun mezzo a disposizione per potersi salvaguardare, deve rinunciare alla sacralità e ai benefici miti primordiali; scadendo nel vernacolo, e nel più triste volgare.

Giunto a Parigi, e a seguito di tale coscienza, mi resi conto che in fretta dovevo incamerare dati e costruirmi una cuccia calda dove, nell'intimità, ascoltare i movimenti delle "acque profonde" – i miei movimenti sotterranei – quelli più segreti e più originari, per potermi difendere da eventuali attacchi estranei.

In vero, subito capii che, per colpire a segno, necessita – ovunque tu sia – un laboratorio dove poterti isolare, dove poterti riposare e mantenere in pace; e quel posto, in rue du Bouloi, faceva al mio caso.

Di ciò mi compiacqui – Presidente – sfregandomi le mani e iniziando a respirare.

MEMORIA IV

Nell'appartamento dell'Organizzazione. Il letto "Federale" e l'oblio. Sul tentato rapimento. Sull'incredibile e prematura tentata uccisione. Quindi la salvazione e l'incontro con Étienne, con la vecchietta dell'ultimo piano, e con il risveglio.

Intanto che il re e la regina – dignitose e compite mezze figure – languivano in cella in attesa di processo, le feste, le escursioni al Bois de Boulogne, i ristoranti venivano disertati dai signori, anche causa le stragi consumate nelle tante prigioni della Francia, e i lutti popolari conseguiti durante l'assalto al Palazzo delle Tuileries e agli Arsenali. Invece io, a parte il prurito fastidioso dietro le orecchie, e fra le dita dei piedi, arrecatomi dal solito bollore stagionale, mi sentivo stanco ma, per la buona vista, di umore generoso e indiscreto. Salite perciò due eleganti e comode rampe di scale, mi fermai su di un largo pianerottolo illuminato da una vetrata alla londinese, che dava su di uno stretto vicolo secondario; infilai la chiave nella serratura ed entrai.

La descrizione che il gioielliere Verdet mi aveva dato dell'immobile – così come la lista dell'inventario – corrispondeva con l'effettuale, a eccezione della polvere che si era accumulata, e del riverbero, quasi insopportabile, che i raggi del sole calante diffondevano nelle ampie stanze. L'appartamento messomi a disposizione dai monarchici era costituito da un soggiorno entrata con camino, libreria normanna, tavolinetto intarsiato, due poltrone, un'ottomana e, al muro, tappezzeria damascata. Da una camera da pranzo con credenza, tavolo di un secolo avanti, otto sedie ricoperte di velluto di Utrecht e, sul pavimento, un tappeto delle Fiandre. Dalla cucina con tre fornelli, un focolare a cappa, e mensole e stampe alle pareti. Dal bagno spogliatoio con "la comoda", una vasca di marmo e il bidet di ceramica. E infine, da una camera da letto con carta da parati a ghirlande in finto Réveillon, stufa di maiolica a disegni portoghesi, armadio dipinto, specchiera dorata, e un gigantesco letto a due piazze modello "Federazione", costituito da quattro colonne bianche e grigie a fascio di verghe, sormontate da uno scudo di bronzo da cui pendevano tende e veli di taffetà.

Vedendolo rimasi meravigliato perché, fin dalla fanciullezza, abituato a ben più rustico mobilio, ma poi, vinto dal desiderio di provarlo, ammucchiate in un angolo borsa e sacca, mi gettai a capofitto.

La sensazione che provai fu avvolgente e celestiale. La trapunta blu, guarnita con piccole ghiande di corda d'oro, il copriletto di broccato, con decorazioni all'etrusca, i due materassi di piume, e la rete rivestita da crini e da bambagia, attutirono la caduta.

Restai a lungo immobile e sprofondato, abbracciando Parigi e la buona sorte che fino a quel momento mi aveva accompagnato.

Nell'eccitazione, il sonno mi colse come il pestello del macellaio batte e ribatte la carne sul ceppo. A fremiti e a sussulti e colpo dopo colpo, stendendomi sottile e denervato. Supino. A braccia e a gambe aperte. Immobile, come se fossi da pietanza, ben pronto per essere mangiato.

Non so quanto rimasi in quella posizione ma, dal fondo, urla stridule, intercalate da parole smozzicate, e da un frenetico scalpiccio, mi riportarono lentamente a galla, mentre stavo scrollandomi di dosso un lupo dalla coda di lucertola il quale, insaziabile, mi mordeva l'inguine e la faccia.

Smarrito e intontito, nella penombra lunare guadagnai la finestra più vicina, l'aprii e mi sporsi fuori, scrutando nell'abisso. Proprio sotto di me, nell'arco del portone, intravidi alcune figure maschili e fra queste un abito svolazzante che copriva un esile corpo femminile. Gridai: «A voi cittadini!». Ma quelli, di rimando: «A te cialtrone!». E, dopo la fiammata, una pallottola, sfiorandomi il bavero, si conficcò nella trave sovrastante. Di scatto mi ritrassi cercando istintivamente e affannosamente il calcio della pistola. Lo trovai; però il gancio si era avviluppato alla camicia in disordine, e a un'asola del giustacuore. Tirai e ritirai. Mi tolsi frenetico la marsina. Bestemmiai e strappai. Armai il cane. Di nuovo mi affacciai e, senza indugiare, puntai... ma, nel frattempo, il gruppetto si era spostato al di là della via. Nel loro parlottio udii chiaramente «È svenuta», mentre una voce bassa e cadenzata esortava: «Andiamo, lasciala, corri, imbecille!».

Una bava di foschia, rimasuglio dell'umidità pomeridiana, a-
veva coperto la luna.

Sparai per scrupolo, giusto per rispondere allo sgarbo. Col-
pii una grondaia, a giudicare dal rumore secco di foglia di rame, intanto che i cani ripresero ad abbaiare.

Flebili e spettrali, dietro ai vetri dei caseggiati di fronte, apparvero degli aloni di candele.

Con tutto il fiato che avevo in corpo urlai: «Cittadini, niente
paura! Sono l'ispettore Rouge-Gorge. La situazione è sotto
controllo! Tornate a dormire!». Quelli non chiedevano di meglio, infatti, in men che non si dica, tutte le luci sparirono come
divorate.

A tentoni cercai la borsa da cui, buttando all'aria il rimanente,
estrassi la fiaschetta della polvere, gli stoppacci e le palle. Con
dovizia ricaricai l'arma e mi precipitai in strada. In certi casi la
prudenza è d'obbligo, e la previdenza non è mai da scordare.

Sul marciapiede giaceva una ragazza come fosse un muc-
chietto di stracci abbandonati. Tutta raggomitolata su se stessa era gelida... gelida in tempo d'estate. Solo la fronte e le labbra bruciavano; gliele sentii col dorso della mano; così me la
misi in spalla, e ritornai in casa. Scovai l'acciarino non so in
quale tasca e, adagiatala sul divano, finalmente usai i candelie-
ri e mi prodigai per trovare dell'acqua.

Salite due rampe di scale, m'imbattei in un pianerottolo e in
una porta uguale alla mia. Bussai, nessuno. Ribussai, nessuno.
Decisi di salire un altro piano. Di nuovo una porta. Bussai, niente. Ribussai, ancora niente. Non mi restava che il sottotetto,
oppure il fatiscente vicinato. Giunsi all'ultima rampa e all'ultimo
uscio. Picchiai, silenzio. Ripicchia, di nuovo silenzio. Esasperato,
stavo per intervenire con pugni e pedate, quando sentii un lamento provenire da dentro all'abitazione. Un lamento o un rantolo, che senza dubbio gli assomigliava. «Andate via» mi venne
detto «sono sola, non posso aprire!» Ma io, perentorio: «Chiunque voi siate, questo è un ordine di polizia. Se non mi date aiuto vi considererò responsabile. Vi farò condannare. Vi...». La terza minaccia s'involò con le cinque fiamme che reggevo in mano
perché, davanti a me, apparve una vecchietta in vestaglia e cuffia bianca, che tremava come un giaggiolo e bisbigliava, moz-
zicava, e implorava San Luigi e la beata Teresa d'Avila.

Intenerito, cercai di calmarla dicendole: «Signora, scusatemi,
sono l'inquilino che abita al primo piano. Sono un ufficiale e ho

bisogno di acqua. Dove posso trovarla?». E lei, prolissa e ansimante: «Siete stato voi a sparare? È morto qualcuno? Erano ladri? Erano giacobini?...»; a quel punto, aggredendo e frammentando le parole, come mi rivolgessi a un sordo, dovetti spronarla: «Do... ve... l'ac... qua? Do... ve?». E quella, sempre più rinfrancata: «Nel cortiletto c'è un pozzo e un secchio. Bisogna dare molta corda, ma poi si arriva...» e continuando «Come avete detto che vi chiamate? Siete forse il nuovo inquilino? Smettetela di vociare, ci sento benissimo e non sono rimbambita». Per tagliare corto mi congedai dicendole «A do... ma... ni. Gra... zie. Buo... na... not... te», che se oggi un giovane si rivolgesse a me in quella maniera, ancora troverei la forza per farlo zittire.

Ciò fatto, dopo aver recuperato in cucina una brocca e averla riempita fino all'orlo, mi dedicai alle cure della sconosciuta.

Notai che la fanciulla era piacevole, ma non bella, anche se, inutile negarlo, dalle fattezze e dal fisico acerbo emanava un qualcosa di malizioso e perverso.

Dedussi, dai capelli neri e sottili, dagli occhi un poco a mandorla, dal naso leggermente curvo, dalla bocca grande, in confronto al viso, e dalla pelle cafra ed elastica, priva di rughe e di segni particolari, che di certo non aveva più di 16 o 17 anni. Solo un piccolo sfregio, ma direi più che altro un vezzo, a destra del mento, la caratterizzava. Presi il fazzoletto e, inzuppatolo e stretto, glielo passai sulle guance. Le soffiai leggermente sul volto, sui polsi e sul palmo delle mani, quindi le mormorai: «Signorina, fatevi forza, è tutto finito, vi ho salvata. Quei manigoldi se ne sono andati. State benissimo, siete solo svenuta». Poi, massaggiandole il collo, ribadii: «Sono stato io a salvarvi. Svegliatevi. Ditemi come vi chiamate e dove abitate». Intanto, guardandola intensamente, fra me e me divagavo: "Mi piacciono tutte. Tutte hanno almeno una curva, assumono un atteggiamento, bisbigliano una frase, pronunciano il loro nome, mettono gli orecchini, si toccano le palpebre in una maniera che non posso fare a meno di sentirmi rimescolare. Mi piacciono tutte, giovani e mature, e le amo per quanto si amano. Le desidero e credo in loro. Credo nella loro passione e nella smania che le abita. Credo nelle loro possibilità e nel pianto improvviso che le assale. Io credo, o glielo faccio credere, oppure tento di persuadere e di plagiare, così da farle mie ed entrare in confidenza. Alloggiare nei loro più intimi recessi, e quindi demolire, per farle poi rinascere...".

Un sospiro della ragazza, quasi una richiesta, mi richiamò e mi fece aumentare l'interesse. «Mademoiselle» le dissi agitandola appena «qual è il vostro nome? Orsù, svegliatevi. Fidatevi di me. Sono un ispettore di polizia. Aprite gli occhi. Reagite. Sforzatevi di parlare. Ve ne prego!»

Come una zolla di radici che il giardiniere scalza dal vaso e quindi tira e soppesa, tenendola a mezz'aria, ecco lei ritornare in sé, sbloccarsi, indugiare e ripiantare il suo meraviglioso essere nel mio petto e fra le mie gambe.

«Sono Étienne» mormorò «Étienne Lavaredo, per metà francese e per metà spagnolo. Ancella di compagnia ed ermafrodito di Madame Marie-Adélaïde Marchesa di Amiens. Grazie, signore. Grazie per davvero. Vi sarò eternamente debitore.»

MEMORIA V

Il racconto dell'ermafrodito. Una facile deduzione. Il corpo nudo e l'esclusiva rivelazione. Di nuovo il sonno con gl'incubi e le tensioni. Poi l'alba e il bacio liberatore.

Eccellenza – in quell'Europa di sussurri e cambiamenti, i cicisbei, i cantanti evirati e gli ermafroditi erano ancora ricercatissimi e molto apprezzati. Gli stessi sovrani li invitavano a corte e, con piacere, se ne circondavano, di modo che averne uno a servizio era indice di ricchezza, eccelsa raffinatezza e diletto estetico. Perciò, quando Étienne si presentò, facendone vanto, non mi stupii affatto. Era la sua dote, e la garanzia per non ritrovarsi disoccupata. Lo stesso Conte di Saint-Fulgent e Montaigne, proprietario di un terzo della Vandea – compresi i vigneti già appartenuti alla mia famiglia – nella sua villa di campagna ospitava tre cicisbei, che favorivano sua moglie, due cantori, che lo intrattenevano durante i pasti, e appunto un ermafrodito o androgino bisessuato, i cui poteri magici e divinatori erano famosi in tutto il circondario.

In vero, sebbene piacevolmente arricchito da quell'incontro, ciò che invece maggiormente mi inquietò, irrigidendomi e amareggiandomi la compagnia, fu che, appena giunto in città – dopo le considerazioni di cui già Vi ho messo a conoscenza – per puro caso o per chissà quale predestinazione, mi avessero in men che non si dica usato quale bersaglio per il tiro a volo. Allora Étienne, vista la mia faccia corrucciata, e avvertita la crescente preoccupazione, per esorcizzare l'atmosfera iniziò a narrarmi, non senza trepidazione, ma in un francese perfetto e levigato, come il Signor Boucher, importantissimo negoziante di rue de la Verrerie, si fosse invaghito di lui medesimo e che, dopo le proposte lecite, altre volte, in passato, per convincerlo a darsi, aveva mandato degli scagnozzi sia al mercato, mentre faceva la spesa, sia addirittura in chiesa, durante le funzioni sacre, ma che mai erano giunti a tanto, e che quindi iniziava veramente a spaventarsi.

Avvolta dai singhiozzi e dai buffi gesti che improvvisava, allorquando raccontava le sue vicissitudini più disparate, mi fece sciogliere e svagare, così da prometterle che ci avrei pensato io a quel satiro da strapazzo, e pure a lei, dandole la mia protezione e la mia spada.

La ragazza, visibilmente turbata, abbassò gli occhi e mi domandò con fare da santa: «Ma poi cosa vorrete in cambio? Già avete rischiato la vita per me. Al massimo so recitare le canzoni a voce alta, so suonare alcuni strumenti musicali, e accudisco la mia padrona, adempiendo alle sue volontà». E io, mellifluo e ispirato: «Quando potrete mi accompagnerete a teatro o a colazione. Mi farete da maestra visitando la città. Mi indicherete una fidata governante che si prenderà cura di quest'uomo solo e incapace, e un buon vetturino che mi guiderà ogni giorno all'ufficio e a investigare».

Alle mie richieste, ella ribatté dolce e soave: «Farò di tutto per favorirvi, e riguardo alla domestica, cercherò di mandarvi la nostra Camille, lavora da noi a ore, e per il cocchiere parlerò con Jean, della stalla del Cormorano, sarà felice di portarvi». Quindi, con lo sguardo assente: «Sono giorni in cui pochi hanno voglia di passeggiare e mostrarsi». Quest'ultima frase le uscì a stento dalla gola, poi un brivido e un acuto soffocato, per balzare in piedi, come una forsennata, e precipitarsi verso la porta mordendosi le labbra. «Il medico!» gridò. «Devo andare a chiamare il medico!» Con impeto la fermai e, stringendola a me, le chiesi: «È per il cerusico che eravate in strada?». Étienne mi rispose di sì e, agitata, continuò: «Madame non si sentiva bene e perciò mi mandò perché ero l'unico a disposizione». Stimolato, fui incalzante e sottile: «Allora come vi spiegate che quegli sgherri vi stavano aspettando?». E lei, di sasso: «Forse erano da tempo appostati. Forse attendevano l'occasione. Forse una combinazione. Forse la circostanza...» quindi, rassegnata «forse Madame... è da mesi che spinge perché accetti la corte di Boucher». Detto ciò crollò a terra, bianca e svuotata.

Prendendola in braccio le mormorai: «Domani parlerò anche con la vostra signora, non preoccupatevi». Così che lei, ansimandomi sul petto, mi domandò se poteva restare e se avevo un bagno. Confuso da tale inaspettata richiesta glielo indicai, ma, prima di passarle la brocca con l'acqua, mi attaccai e bevvi. Bevvi fino a scoppiare. Il viaggio, la polvere, la sparatoria, la dormita e, soprattutto, la carne salata offertami dai gendarmi, mi avevano seccato le fauci. Recuperata la marsina estrassi l'orologio regalatomi dai miei fratelli e lo esaminai con cura. Per fortuna non si era rotto. Segnava il botto e quaranta dopo la mezzanotte.

Étienne, trascorso un qualche minuto, riapparve. Era spossata e ciondolante, ma dal corpo emanava un intenso profumo di miele e spezie che, inebriante e obbediente, riempì la stanza.

Mi avvicinai e allungai la mano per carezzarla. Lei me la prese fra le sue e mi baciò la punta delle dita bisbigliando: «Voi siete Rouge... Rouge-Gorge, ho questo nome che mi rimbalza e mi stordisce per la delicatezza che in sé racchiude». Io annuii con le palpebre di già socchiuse, ma l'ermafrodito proseguì, con voce sempre più sbiascicata: «Posso approfittare del vostro letto e della vostra presenza per addormentarmi». «Non chiedo altro» le risposi, e l'aiutai a salire, a togliere lo strato di coperte, e ad aprire i tendaggi.

Étienne si trovò di spalle e a carponi, così da mostrarmi i bei fianchi scavati, le caviglie sottili, e i polpacci nervosi.

Feci finta di niente e continuai ad allacciare i velami. Ancora una volta – mio Presidente – l'origine e la formazione mi stavano frenando lo slancio, ma in definitiva, anche se da meschino ne avessi approfittato, da che parte avrei dovuto cominciare? Con un essere di quel tipo, prima di allora, non mi ero mai appartato.

Fu lei, magica e stregata, a leggermi di nuovo nel pensiero e a girarsi, recuperando per un attimo lucidità e fiato: «Avete mai visto come la natura ha plasmato il figlio di Ermete e di Afrodite?».

Tale domanda mi colse impreparato ma, non avendo risposta, cercai di assumere un'aria fra l'esitante e l'imperturbabile... intanto il cuore mi pulsava e ripulsava, mentre la fronte si andava bagnando.

Ancora fu Étienne a sbrogliare la matassa. Mettendosi in ginocchio si arcuò all'indietro e, lentamente, iniziò a sollevarsi la veste colore del geranio. La tirò fin sopra le tonde e larghe mammelle che, danzando, spiccavano con risalto sul magro torace. Il ventre, sporto in avanti, mi sembrò leggermente muscoloso ma perfetto. Le cosce anche, forse un poco dure e maschie; come maschio e glabro era il pube e il sesso, anche se più ridotto del normale. Un piccolo sesso da ragazzo, non ancora del tutto sviluppato e, mitologia, scostandolo con la mano, sotto a esso non pendevano i testicoli, ma si apriva un carnoso orifizio. Una vagina rosa e modellata che avrebbe potuto dare vita e figliolanza...

«Sono ancora vergine» mi disse orgogliosa «vergine ovunque» e svelta si tolse del tutto l'abito e s'infilò sotto le lenzuola.

Prima che l'alba giungesse a salvarmi, passai le restanti ore agitandomi sul divano. Il prurito, il caldo, e una girandola di immagini non mi davano pace. Quando mi assopivo, il lupo lucertola cominciava a mordere e a ringhiare. Erano anni che mi perseguitava. Oppure, dal camino, uscivano degli uomini senza faccia che a bruciapelo mi sparavano. E anche quando di scatto mi ridestavo, iniziavo a considerare la giornata passata, assieme alle reazioni avute, e al conflitto interiore che in me era scoppiato.

Meditavo sulla fragilità degli incontri, sul piacere elegante, sul senso etico, sulla scherma, sul codice, e sulla ricerca di verità – caratteri in me radicati – che urtavano con la studiata spacconaggine, l'ostentazione, la tracotanza, l'aspirazione smodata, l'ambiguità, la vanità, la truffa, e la propensione criminale. I lati tenebrosi dell'indole umana. Poi scorgevo nostro padre, sul letto di morte, e riudivo quell'ultimo dialogo. Io che inesperto e sedicenne, credendo di rassicurarlo, gli sussurravo: «Non vi preoccupate, signore, diventerò il padrone del mondo». Mentre lui, pallido e opaco, che mi andava a correggere e a indirizzare: «Non del mondo, ma di te stesso. Di te stesso, Gabriel. Tu sei più importante del mondo. Bada a te e a riempirti con ciò che veramente ami, senza paura e senza rimpianti, anche se per la gente è vergognoso o è sbagliato. Pensa a te stesso e avrai un qualcosa da dare. Curati, e non ti abbattere. La vita è breve e un giorno segue l'altro. Ogni giorno è più di un altro. Ogni ora, un'ora interminabile, se vissuta per il proprio gusto e per cibarsi»... ed eccola l'apparizione di mio padre, quella sua orazione funebre che si autorecitò financo sulla bara. Proprio quel misantropo del nostro genitore il quale, per seguire la sua smisurata biblioteca, sempre si rifiutò di chiedere e di lavorare, di umiliarsi e di mercanteggiare. Ed ecco il caleidoscopio della mia anima. La certezza di essere comunque e sempre da solo davanti alla volontà o all'inerzia, all'ardore e alla prostrazione, alla rinascita e al crollo, al bene e al male. Una consapevolezza che può rendere giganti o nani, eroi o infingardi, consacrati o demoni, oppure sia gli uni che gli altri, contemporaneamente e assieme, come l'ermafrodito della Marchesa di Amiens e la sua prestanza, come forse Dio o i suoi Profeti, oppure come il mare e il cielo della mia tenera infanzia. Ma sempre oltre ogni categoria e gli schemi noiosi e ripetitivi dell'esistenza e del quotidiano. Nell'inconsistenza e nella serietà, nel trastullo e nella decisione, nella risata e nelle lacrime, nel possedere e nell'essere posseduti. Fino alla morte e oltre. Pieni di sé e della propria miseria, del fallimento, della rabbia e della impenetrabile ferocia, mischiata alla fame di dominio e al successivo spirito di sconfitta, ma, incessantemente, nella grandezza, nell'aver scalato, nell'aver acquisito, nell'aver agito e poi... nell'aver perduto il rispetto e la fede.

Svegliai Étienne alle sei, pizzicandole piano piano la schiena e le reni. Rischiarata dal mattino era ancora più desiderabile e oscena.

Di nuovo scesi a prendere una brocca d'acqua e bevvi. Bevvi allo sfinimento.

Il palazzo, a parte la vecchia, era disabitato. Lo intesi dalle imposte che, sprangate, rifiutavano la luce. Spacciato il re, gl'inquilini – forse aristocratici – erano tutti emigrati.

In cucina, trovammo dei chicchi di caffè e un macinino per frantumarli; intanto il cielo si andava via via rischiarando e le prime capricciose folate del venticello inglese muovevano la punta di alcune querce poco distanti.

Ancora respirai.

Finalmente il sole e un qualcosa di caldo e di aromatico per sistemare la pancia.

Uno in faccia all'altra, a lungo ci scrutammo, senza chiedere o affermare; poi, deposte le tazze, ridendo ci baciammo, ma, imbarazzati, non osammo altro.

Nell'intimo, lo avvertii come un patto.

Poco dopo, accompagnai quella creatura stupenda e completa verso casa. La palazzina della Marchesa sorgeva nella strada parallela alla mia, a non più di duecento passi. Étienne mi camminava a fianco e, longilinea e contenta, merito della giovane età e della esuberanza, aveva dimenticato la brutta esperienza e lo spavento della sera avanti. Perciò, giocosa e incantata, a un tratto mi prese la mano e, frugandomela con lo sguardo, sentenziò: «Avete la linea del destino segnata, assieme a quella della vitalità, dell'intelligenza e dell'amore. Il vostro segno zodiacale è l'ariete, e l'ascendente è lo scorpione.

Presto vi farò i tarocchi. Con me alleato avrete la provvidenza dalla vostra, ma attento, guardatevi dall'uomo che usa la sinistra, e da uno straniero... forse un italiano... che verrà per uccidervi».

Alla sua dichiarazione sorrisi e le gettai quale compenso e risposta: «La sofferenza si pone sempre il quesito della causa, infatti il dolore deriva dal sapere che una sola persona non può riunire in sé la visione totale. Questa convinzione mi rende superiore agli altri, anche se, per ora, non riesco a rinunciare e a dissolvermi nell'aria. Non riesco a lasciare ciò che, se poi gettato, garantirebbe il mantenimento in detta consapevolezza e in tale sostanza. Ben vengano, allora, i nemici e i contrari. Ben venga lo scontro, e la perdita di morale. Ben venga la prova, ben venga la distanza, si inizi da questo... si cominci a eliminare». Lei mi fissò, senza comprendere per intero, ma, nell'animo rapita, ancora mi diede un bacio e mi volle abbracciare.

In verità – mio Presidente – neppure io avevo inteso ciò che dalla mia bocca era sbocciato. Comunque decisi di procedere confondendo le carte, e rimandando al domani i pensieri sul destino e sul da farsi.

MEMORIA VI

Verso il Gabinetto Scientifico. L'immagine speculare. Uomini e donne di Francia intenti a smontare e rimontare la Nazione e le sue Leggi Sociali. Il mio travaglio e la naturale frammentazione. La Fisiognomica, Lavater, e quella calma innaturale.

Sul boulevard Saint-Vincent conobbi Jean e i suoi cavalli. Tirai fuori il portafogli e stipulai il secondo contratto della mattinata; ma questa volta a soldi, e non dischiudendo le labbra, o porgendo la mano. Lo affittai per un mese, assieme alla sua vettura, con l'impegno di rinnovargli l'incarico se mi avesse accontentato.

Attaccata la giumenta, partimmo con le ali ai piedi verso il Reale Gabinetto Scientifico di Francia. In quel luogo asettico e appartato, avrei dovuto contattare l'ecclesiastico Johann Kaspar Lavater, esimio studioso e amico di De Batz, nonché uno dei fondatori dell'Occulta Organizzazione.

Andando, ripensai alla faccia sconvolta e paonazza della Marchesa di Amiens, intima di Maria Antonietta d'Austria, quando poco prima le ero piombato nella camera da letto e l'avevo minacciata di farla deportare e di farle espropriare la casa e i terreni se di nuovo fosse successo un qualcosa di spiacevole a Étienne, o se la mia bella fosse stata maltrattata o molestata da furfanti scellerati e – ancora sorridendo – la rivedevo in camicia da notte, scarmigliata e rantolante, contorcersi sul pavimento e avvinghiarsi alle mie gambe accusando il bieco Boucher, imbroglione libidinoso, di averla a sua volta ricattata, minacciando di darla in pasto ai giacobini e alla Guardia Nazionale, e che a Étienne – che per lei era come un figlio – non portava che affetto e comprensione, e che lo avrebbe fatto uscire solo se scortato da me o da un mio fido, e ciò lo poteva giurare, e giurare a sfinire.

Chiusi quell'incontro da sommo attore, muovendole l'indice

31

sotto al naso e cadenzandole questa frase: «Cittadina, se solo con la parola giacobino ti hanno fatto penare, ora che nella tua stanza ne è apparso uno, devi tremare!».

La Marchesa – mio Signore – personificava la mollezza e l'imbecillità di una classe a cui, benché io decaduto, mio malgrado appartenevo, quindi, vedendomela dinnanzi strisciante, perché intimidita da un seppur misero gendarme, provai nausea e fastidio generale. A rimando di ciò, ma da perfetto profano, conclusi che: se le repubbliche portavano a tanto, meglio un governo dispotico che ne segue di rincalzo un altro, più che dei periodi farseschi e liberali, definiti dai politicanti costituenti e popolari. Comunque, se il tutto si fosse avverato – se lo Stato fosse divenuto nel vero dittatoriale – persone come noi non avrebbero più avuto nulla da fare, perché le fessure e gl'interstizi in cui agiamo, e dove di solito c'insinuiamo, sarebbero stati di certo colmati da funzionari di regime leali e controllati, e non da ministri impuri o da sottosegretari intrallazzati, privi di virtù e di senso morale. O forse ancora mi sbagliavo... sia le repubbliche democratiche, sia le dittature integrali, sono in mano agli stessi uomini trasversali, che partono con fermezza e convinzione, ma che nel tempo, inquinati dall'amministrare, finiscono gestendo unicamente il loro personale. Ma poi, di tali argomenti uggiosi e scellerati, ben poco mi importava, anche se, nei mesi seguenti, per sola convenienza divennero il mio pane.

Intanto, dalla carrozzella che sfrecciava inseguita dagli sguardi meravigliati dei passanti, notai squadre di operai comunali intenti a smantellare le insegne araldiche e i merli che ornavano i frontoni dei palazzi. Gli antichi privilegi e i simboli totalitari andavano in ammaina e io – che avevo già subito l'affronto – mi sentii risollevato, reputandomi più avvantaggiato di coloro che in quel giorno incassavano lo sgarro. Nel frattempo, alcuni giovani popolani, arrampicatisi sui tetti delle case, ne stavano approfittando per smantellare le lastre di piombo dei coperti e quindi gettarle al suolo, per poi trafugarle. Mentre altri, da veri spudorati, scalzavano le inferriate, svitavano i battenti e schiodavano le assi per farne commercio o scambio, oppure perché vandali, spinti unicamente dal gusto per lo sfregio e dalla collera negli anni accumulata.

Non sopportando tale scempio, e le abitudini della plebe scatenata, dissi a Jean di fare presto e di travolgere tutto ciò che ci avesse sbarrato la strada.

Anch'io mi ero cacciato in quella storia per riacquistare nome, premio e dignità. Stavo sopportando e frequentando la meschinità. Stavo a mia volta uccidendo la misericordia, il fulgido apollineo e l'integrità, scoprendo in me la bruttura, il delitto, la prepotenza e la trivialità, ma, davanti allo sfacelo istigato dall'ignoranza e dalla sgarberia, ancora mi ribellavo e ne soffrivo. Ancora mi rifugiavo nella mia primordiale identità e nello schifo.

Giunti in pochi minuti a destinazione, notai come nel parco antistante al Gabinetto Scientifico stazionassero una trentina di persone. Più uomini che donne, più borghesucci che gente della suburra. A capannelli stavano commentando i fatti della giornata, si affidavano ai dadi o, sempre in gruppo, leggevano il giornale. Qualcuno sparso ammirava gli alberi e i cespugli portati dalle colonie... manghi, papaie, baobab, cannabis, palme da cocco e da dattero e, nello stagno, mangrovie, ninfee e alghe dalla Russia.

Tutti erano in quel luogo incantevole per guadagnarsi qualche livrea; infatti il Professor Lavater, a uno a uno e dopo averli selezionati, li ispezionava dalla punta dei capelli fino agli alluci dei piedi, misurando, palpando, dischiudendo, insinuando e, allo stesso tempo, facendo domande riguardanti i genitori, l'alimentazione, la sessualità, l'occupazione e il riposo. Poi disegnava profili, calcolava distanze, accentuava difetti, fissava impronte, additava nei, foruncoli, ascessi e verruche.

Quel luminare e teologo di Zurigo da oltre un anno era ospite in città del famoso chimico Antoine-Laurent Lavoisier, che però, a causa di un contrasto con il triumviro Marat, da qualche tempo non si vedeva più in giro.

La scienza a cui Lavater si dedicava veniva chiamata "Fisiognomica", ed era tesa a scoprire il carattere degli uomini attraverso lo studio dei tratti somatici. Quando me lo spiegò, rammentai che pure Aristotele, nei suoi *Analitici primi*, aveva affermato che si poteva investigare e poi giudicare la natura di qualcuno sulla base della sua struttura corporea, e così anche molti pensatori medioevali e umanistici portarono avanti quelle teorie, adducendo quale motivo fondamentale che sicuramente Dio aveva lasciato la sua impronta in ogni essere vivente, di modo che sottili analogie legavano in unità tutte le cose e, soprattutto, l'aspetto animale a quello umano.

Date a Jean le chiavi di casa perché, nel frattempo, le facesse duplicare, per poi poterle consegnare alla mia nuova governante, e dopo avergli raccomandato di passare a prendermi non più tardi del mezzogiorno, entrai nel padiglione e pregai un assistente dello scienziato di annunciarmi. Questi dopo poco tornò, e disse che Lavater mi stava aspettando con "piacere e gioia".

Percorso un breve corridoio, varcai la soglia di un vasto salone rischiarato da lucernari e porte a vetri, da cui s'intravedevano le limonaie e le serre dove, come poi seppi, si stava sperimentando l'allevamento di fiori tropicali, e si favorivano gli innesti fra piante grasse e piante scoperte in Africa.

Fatti alcuni passi nella sala, mi sentii venire meno. Per purificare l'aria avevano acceso alcuni bracieri con dentro mirra e incenso, al cui odore intenso bisognava abituarsi. Appesi alle pareti, sotto gli stucchi e le cornici di gesso, notai da un lato i ritratti di enciclopedisti e uomini di scienze, fra cui riconobbi Voltaire, Diderot, Rousseau e D'Alembert, con sotto i loro motti più importanti a lettere di bronzo, mentre, dall'altro lato, si potevano ammirare le fattezze degli Accademici Rettori del Gabinetto Scientifico dal 1507 all'epoca attuale.

In mezzo al salone, vicino alla lavagna, e con l'anca appoggiata a un tavolo ricolmo di fogli, calibri, registri e opuscoli, e con indosso un lungo grembiule, una camicia dalle maniche rimboccate e, sul capo, una parrucca stopposa e ormai fuori moda, eccoti, anch'esso solitario, un signore di non più di 50 anni, dai lineamenti a punta ma aggraziati, il quale, alzando il braccio nudo, mi salutò dicendo: «Alla buon'ora, vi attendevo una settimana fa. Com'è andato il viaggio? E l'appartamento? Avete occupato l'appartamento?... Spero sia di vostro gradimento». Io abbozzai un inchino e gli risposi: «Grazie, professore. Vi ringrazio molto. Non immaginavo tanto». Quindi mi avvicinai.

Gentile, egli mi porse uno sgabello e m'invitò a sedere, poi, con educazione, di nuovo esordì: «Scusatemi un attimo, devo appuntare alcuni concetti prima che sfuggano o si trasformino. Sto preparando un trattato. Un'inchiesta che prenderà come spunto gli oltre 2.000 individui che ho studiato qui in Francia. La pubblicherò a Salisburgo o a Monaco. In quelle città gli editori sono più onesti e bravi di quanto lo siano gli stampatori miei connazionali. Devo farlo uscire al più presto perché ho avuto richieste dalle Università di Francoforte e di Torino e, sapete, con il mondo che va come va, meglio affrettarsi e assecondare con premura quegl'interessi e le leggi della scienza».

Mio Presidente − sbottonandomi la giacca per l'afa, mi acco-modai sul vicino trespolo mentre, per la mala notte e per la fame, avevo la pancia in subbuglio e la bocca impastata. Però con chiarezza, nonostante lo sbandamento e le condizioni fisiche non certo al meglio, vidi chiaramente Lavater intingere la penna con la mano destra per poi, passatala nella sinistra, cominciare a scrivere e a disegnare, e così fare per ben 17 volte, perché era mancino e quindi, benché dagli angeli sorvegliato, anche lui una pecora marchiata dal Diavolo.

Un pastore, segnato da Dio.

Di riflesso tornai alla profezia di Étienne. Mi irrigidii, e mi misi in guardia.

MEMORIA VII

Un'inaspettata sincerità. Il battito della malasorte. La lezione di Lavater e la sua risposta alla Carta dei Diritti dell'Uomo. Le disposizioni. La trama e, per concludere, un ulteriore assassinio a sangue freddo.

Nel dedalo di vie che circondano i mercati delle Halles, il traffico era caotico, gli scambi frenetici, e il gergo dei facchini e delle lavandaie la faceva da padrone. Neppure l'invasione, la morte e la pestilenza potevano arrestare quel ritmo nervoso e concitato, e quell'assurdo bisogno di barattare, rincorrere l'affare vantaggioso, litigare, imbrogliare o essere imbrogliati.

Per il pranzo e per la spesa mi ero affidato ancora a Jean – Elio reincarnato e novello auriga del Sole – e lui, acuto e diligente, aveva interpretato nel giusto le mie pretese.

Dopo aver fatto una scappata dal viscido Boucher, tenebroso spasimante di Étienne, avergli messo sottosopra la bottega e averlo trattato ancor peggio della Marchesa, da place de la Révolution, al Louvre, a Saint-Germain-l'Auxerrois il giovane cocchiere, con visibile ammirazione, mi aveva intrattenuto a modi semplici e diretti, disquisendo sulle aspettative delle maestranze, sul dopo Luigi XVI, sulla Francia passata e moderna, sui nuovi padri della Nazione, sulle sue simpatie per il giornale estremista di Hébert "Le Père Duchesne", e per il gruppo d'infuriati che gli girava attorno. Poi ci tenne a dirmi che fin dai primi sussulti aveva inteso che la sommossa era venuta dall'alto, e che perciò non erano stati i *compagnons* e le corporazioni di mestiere a guidarla perché troppo disuniti e pronti a litigare fra di loro – e neppure i semplici operai del tessile, i braccianti o i contadini, perché aculturati, presi dalla fatica, e non del tutto dispiaciuti dei vantaggi ottenuti in quegli ultimi anni – ma, a dare il via alla rivendicazione, e a volere la cacciata dell'aristocrazia e dei signori, era stata la borghesia. La borghesia minuta e il basso clero, i quali, soffiando sul fuoco e ambendo a maggior lustro, si erano serviti dell'impeto popolare per andare a Versailles e poi per governare; e che perciò il tutto era un bluff manipolato, e che l'autenticità era una chimera rara e bisognava, per sicurezza, arrivare a potare delle teste e non solo quelle coronate e che, così apertamente, poteva sfogarsi con me perché aveva capito – dal Gabinetto Scientifico e da come mi ero dato da fare con quel mercante debosciato – che ero un intellettuale giacobino, e quindi e di sicuro un emancipato, e a loro vicino.

Travolto e un poco disturbato, per non frenargli la foga e non allontanarlo da me, così come per non sbilanciarmi troppo e non rivelarmi, gli confermai dicendo: «Jean, se continuerai a parlare e a collaborare con trasporto e con zelo, avrai modo di vederne delle belle». Poi lo scrutai in viso, per cogliere eventuali reazioni o crespe – ormai in tutti la diffidenza era compagna di percorso, e la franchezza un miraggio d'altri tempi – ma lo vidi sorridere compiaciuto, e mi sembrò sincero e innocente.

Sedutomi a tavola, allo scherzoso proprietario del ristorante Les Halles ordinai torta di spinaci, rognoni in umido e un vino della Mosella – e ancora rammento quei buoni cibi e quei sapori che, al pari degli odori, mi resteranno sempre nella mente – quindi, a ogni boccone, masticato e rimasticato con cura, meditai su di un passaggio del dialogo intercorso fra il mancino e stagionato Lavater e ciò che di presuntuoso e superficiale gli avevo posto innanzi.

Lasciata la penna, Johann Kaspar, offertomi un succo di pesca, e non più cordiale come all'esordio, aveva iniziato a esprimersi con metafore e allusioni ordinarie e spicce. «Vedete, Gabriel» aveva detto «io uso le persone, ma non me ne vergogno. Le pago e le uso anche a loro insaputa, infatti non comprendono il mio lavoro, ma si prestano lo stesso ai miei voleri. Sono legittimato, è per scopi scientifici, o almeno così credono, e alla religione, alla medicina, come all'arte non si può dire di no. Tutto è consentito. La mente del profano, che sia di alto lignaggio o di bassa estrazione, quasi sempre si apre e si fida. Noi siamo coloro che sanno e procedono all'avanguardia. In realtà, in ogni società più o meno civile, sempre ci deve essere chi si sobbarca il rischio e la decisione anche per i restanti e, da loro, viene poi assecondato e riverito. Noi difatti scaviamo. Noi frughiamo.

Noi diamo speranza. Noi guariamo. Noi proponiamo i rimedi. Noi siamo dei sacerdoti... – sì, in primo luogo dei sacerdoti della psiche – e da ciò le nostre decorazioni e i nostri meriti. Da ciò il nuovo mito... il mito della salvaguardia della specie, che non vuole intaccare l'opera di Dio, ma che anzi vuole maggiormente sostenerla e distribuirla. Perché Dio ha creato spiritualmente tutti simili e fratelli e perciò – grande invenzione – tutti possono ambire, per credo e vocazione, alla carica di maestro e di imperatore, sempre se la predisposizione, il sesso, la fisionomia e le pieghe del cervello glielo consentano e li stimolino per il bene comune e per il progresso. Noi di conseguenza non ci battiamo per difendere la nobiltà e il diritto di casta – sarebbe anacronistico – ma per la selezione della specie e per una nuova e più robusta aristocrazia. Una nobiltà elettiva che, come nella foresta amazzonica, non comprenderà differenze di razza, di estrazione, o di pelle, ma si baserà sulla prestanza fisica e sul come, mentalmente, i nuovi dominatori sottometteranno i restanti individui. Quelli più cedevoli e mal riusciti.»

Alle sue parole, faticando a seguirlo, chiesi: «È per questo che vi dedicate all'analisi degli aspetti esteriori?». E Lavater, imbaldanzito: «I miei viaggi per l'Europa servono per censire i soggetti maschi più validi. Coloro che potranno ambire a reggere le briglie. Coloro che, accoppiandosi con soggetti femmine prestanti e sani, daranno vita alla specie sovrana».

Da tanta sicurezza rimasi folgorato, ma, per farmi vedere solerte e partecipe, di nuovo gli domandai: «In tale indagine gli animali cosa c'entrano?». E il professore, illuminandosi: «Sto scegliendo quegli uomini che più si avvicinano all'orso, al toro, al leone, all'elefante e all'aquila. La presenza fisiognomica di tali bestie, che a lungo ho studiato, denota una spiccata tendenza al comando e all'agire... ma veniamo a noi, mio attento Gabriel, nonché Conte de La Bruffière». Quindi, sorridendo, continuò: «Da volpe perspicace e ferina sono al corrente della disponibilità che ci avete offerto e del temperamento bellicoso che contraddistingue la vostra stirpe». Al che lo vidi immediatamente trasformato. Gli erano spuntate orecchie pelose, canini, e naso a tartufo; mentre, frastornato, io quasi m'acciocchivo. «Mi risulta che a soli tredici anni salvaste due amici dalle acque» questo egli buttò, e io feci sì con il capo. «Che a diciotto, dopo aver frequentato il seminario in quel di La Roche, tentaste d'intraprendere la carriera militare, facendo domanda di ammissione alla Regia Accademia di Châtellerault.» Ancora accennai una affermazione, ma lui, crudele: «Domanda che però venne respinta perché la vostra famiglia era pressata dai creditori». A quella uscita rimasi impassibile, ma egli, furbo e conoscitore dell'indole umana, subito recuperò: «Comunque non vi deste per vinto ed entraste, quale alfiere, in un battaglione di mercenari assegnati alla guarnigione marina di Saint-Nazaire sulla Loira, dove combatteste gli inglesi con estremo valore per congedarvi, dopo tre anni, e, sempre a Saint-Nazaire, uccidere un uomo con un colpo di pietra alla testa». Solo allora urlai: «Fu un incidente... un malaugurato incidente! La magistratura mi scagionò alla prima udienza». Ma lui, insinuante: «Però la vittima... guarda caso... era il fidanzato della vostra amante di allora, tale Judith Renar o Renoir». Aveva letto il nome su di una carta estratta dal risvolto del grembiule, quindi, non contento, ancora mi strabiliò: «Dopo sette mesi uccideste di nuovo. Questa volta con consapevolezza. Era un imprenditore di Nancy». Non sopportando oltre, dovetti scattare in piedi e sconvolto gridare: «Signore, non vi permetto! Fu a seguito di un regolare duello. Aveva offeso il mio stemma e, per l'onore...». Ma egli, entrando e uscendo dalla tana come fosse un furetto, non mi lasciò finire: «Forse per l'onore della scommessa da voi non pagata?». Ricaddi a sedere mentre Lavater, implacabile, affrettò l'esecuzione, addolcendo il veleno col rosolio, misto all'acido di chi soffre di stomaco: «Mio insuperabile Rouge-Gorge... lasciamo perdere». In tal modo sibilò ghignando sereno: «Del resto quel debito glielo saldaste con la spada... ma ciò vi sta a dimostrare come siamo informati, e che a noi non la si può fare. L'Organizzazione non deve permettersi di sbagliare. Tra qualche ora me ne andrò dalla Francia e voglio lasciarmi alle spalle una trama e una società compatta e affidabile, perciò aprite bene le orecchie, visto che io non sarò più il vostro referente, ma solo un ipotetico ricordo». E soppesando la frase fece una pausa, per di nuovo spiegarsi: «Ogni domenica alle undici di mattina vi recherete nella cappella del Redentore in Saint-Germain-des-Prés, e là, inginocchiandovi al terzo confessionale, comunicherete nomi e informazioni a chi sarà oltre la grata, quindi, sotto il basamento della statua di San Sebastiano, in un cassettino di ebano, troverete il denaro che vi spetterà». Detto ciò, il professore sollevò un libro di patologia e da esso sfilò una busta chiusa con ceralacca e nastro. Porgendomela si raccomandò: «Queste sono le istruzioni, il compito specifico a cui dovrete dedicarvi. Leggetele una volta tornato a casa, poi bruciate il tutto e domani presentatevi al Commissariato della Sorbonne, dove domanderete del Brigadiere Totì». Infine, più rilassato: «Vi ho detto l'indispensabile... buona fortuna e... coraggio». Mi porse la mano. Ce la stringemmo fissandoci negli occhi. Era il terzo patto stipulato, ma – fidateVi – l'unico che avrei voluto subito rinnegare.

Mi avviai verso l'uscita. Causa l'incenso, e quella batosta verbale, non avvertivo più alcun odore e suono.
Le narici – e fors'anche i timpani – mi si erano dilatate al punto di desiderare ardentemente l'aria pura, e più semplici fragranze, ma, preso da malsana curiosità, a un tratto mi fermai, mi girai, e parlai. «Signore, scusatemi, ma voi che siete una scaltra volpe, così avete detto, e pagate per usare e dominare, a quale bestia mi paragonate?»
La risposta rimbombò cupa nella sala: «Dire un pettirosso sarebbe bugiardo, perché se anche il vostro petto è gonfio, vi mancano le ali. Mi spiace rivelarvelo, voi siete la risultanza di moltissimi animali e di mille evoluzioni in voi condensate. Se dovessi accostarvi a un qualcosa, vi assomiglierei all'uomo... all'uomo domestico, la cui specie è atrofica e insidiata».

Udendolo, mi prese una gran voglia di abbandonare tutto e correre da Étienne, e con lei fuggire in Bretagna, ma la voce che scaturisce dalla necessità e dall'opportunità – quella che fa ingoiare i rospi e urinare nell'Acquasantiera il giorno del battesimo – dal mio profondo mi intimò di continuare.

Mi carezzai la nuca e, sebbene rintronato, mi obbligai a camminare.

MEMORIA VIII

*Totì. L'arruolamento e le consegne. Le onde che il corpo e-
mana. L'Assemblea Nazionale e le caotiche riunioni. Geron. Il
bordello di Madame Marthe. Come mi feci assegnare Saint-
Just.*

Il giorno seguente, dopo essermi coricato alle cinque del pomeriggio e aver dormito tutta la notte quasi fossi sotto l'effetto di
un narcotico, aprii la lettera. Conteneva alcune righe sibilline
che mi ordinavano di ricopiare gli elenchi dei proscritti, di seguire i capi dei club, di carpire notizie e di intervenire – con a-
zioni di disturbo, ma non precisando come – allorquando avessi
potuto. Sempre con giudizio e senza arrecare danno ad alcuno.
  Fu allora che da Jean mi feci accompagnare al Commissariato indicatomi come nostro da Lavater, e là cercai di Totì.
  Questi era un individuo unto, peloso e disgustoso, che aveva
fatto il bottaio tutta la vita. Inchiodato a un bello scrittoio di
ciliegio, guardandomi di sottecchi come se di altri uguali a me
ne avesse visto a centinaia, si fece consegnare i documenti, le
referenze e la richiesta – nel vero firmati dal prefetto della
Vandea Marc Maupas – così da inserirmi nel Corpo di Polizia
Municipale perché elemento arguto e meritevole, di provata
fede rivoluzionaria, e di estrazione borghese.

Ammiccando, il Brigadiere Totì mi disse di aspettare un qualche minuto, e quindi sparì dietro la porta che gli era alle spalle. Ritornò dopo circa un'ora e, da come si lisciava i baffi, e
dai cristalli di zucchero fra la barba incolta, capii che fino ad
allora aveva mangiato focacce e tracannato birra.
  La strafottenza, l'ignavia e l'incompetenza erano attributi
presenti in ambedue gli schieramenti e io – che già mi reputavo cinico e avvezzo alla scherma – fra quei delinquenti e fac-
cendieri non ero che un pivello a cui non andava rivelata per
intero la messinscena; o a cui gettare le poche briciole e gli

41

avanzi della cena. Non a caso la durezza e la crudeltà sono doti che non si possono simulare o imitare. Puoi millantare impudenza e truculenza, sfacciataggine o empietà, ma si è ben lontani dal rappresentare la resistenza e l'indifferenza. È ciò che il corpo emana che tradisce. Quasi delle onde che nell'aria giungono all'interlocutore e, tramite queste, egli ti percepisce e quindi deduce il grado di solidità o il tuo limite... così come si annusano i cani fra di loro, i puttanieri, i borseggiatori, i poeti, i nobili, gli assassini, gli alcolizzati, le cortigiane, e altre categorie più o meno legali. E così si sentono gli aguzzini e le vittime, i carnefici e i massacrati, i preti e i rabbini, i sadici e le culandre; perché è un linguaggio universale, che si basa sulla prontezza e sull'indole corporale. Sul come si risponde a un dato stimolo, oppure a una stretta di mano; perciò, non solo per scortesia il bifolco Totì, a grugniti e sbuffi, mi fece intendere che il Commissario Generale Dillon voleva vedermi di persona e con me parlare – indicandomi una scala ripida che portava a una torretta da cui si ammirava una stupenda vista sulla capitale – ma anche e soprattutto perché non si fidava di me, e non mi reputava un suo degno compare.

La conversazione con Dillon non durò a lungo e mai intesi se anch'egli fosse d'accordo con l'Organizzazione, o se, considerati i miei attestati, o solo per il momento politico alquanto critico che stavamo attraversando, da svogliato lasciasse volutamente correre, comunicandomi, dopo una qualche domanda di rito, l'assunzione nel distretto della Sorbonne, la paga miserrima, e il ruolo che avrei dovuto svolgere: scorta in borghese ai parlamentari. Cioè la guardia del corpo di alcuni membri dell'Assemblea Legislativa Nazionale.
Spontaneamente chiesi di quali, e lui, misurandomi con lo sguardo: «Dei giacobini» disse «e di chi altri? Così li difendiamo e, insieme, li controlliamo. Svegliati, Rouge-Gorge, fra qualche giorno vedrai che non sarà un compito facile»... e non si sbagliava.

Liberando la stanza, fra me brontolai: «Se esistesse un'arma che desse morte senza straziare le carni ne farei uso abbandonando scrupoli e reticenze. Dovrebbe far sparire il corpo in un solo istante, come con il pensiero o con una bacchetta magica. È la salma che disturba l'uccisore. È ciò che a terra resta. È l'effige, il simulacro, il cadavere di Cesare a fianco della statua di Pompeo; Desdemona nel letto disfatto; Riccardo II nel castello di Pomfret. È di certo il frutto al suolo che disturba la vista, e danneggia e svaluta l'intero raccolto».

La mattina dopo – penso fosse il 4 settembre 1792 – finalmente iniziò a cadere quella famosa acquetta leggera che veniva dall'Inghilterra.

Non appena alzato, passai a salutare Étienne, perché erano giorni che non la vedevo.

Fu un incontro breve, sulla soglia della vetriera che dalle cucine della palazzina si apriva sul patio dove la Marchesa faceva colazione durante la buona stagione. All'ermafrodito chiesi se l'indomani sarebbe venuto a trovarmi a casa, se nel frattempo aveva sentito la mia mancanza, e se la padrona si era comportata bene. Étienne rispose annuendo e stringendomi il pollice della destra con la sua piccola mano guantata. Poi mi sgridò per gli occhi cerchiati, e per l'aspetto trasandato; quindi mi carezzò la testa.

Cercando di giustificarmi le raccontai del mio via vai e della città che mi stava prendendo a male.

Con partecipazione ella mi consigliò di sopportare un poco e che ad altri forestieri era capitata la stessa cosa nei primi tempi di soggiorno. Pure a lei, cinque anni avanti, quando da Toulouse aveva fatto il viaggio fino alla capitale. Malinconia ed eccitazione mischiati assieme. Un vero guaio. Quindi mi domandò di Jean e, ridendo, se Camille cucinava bene e se toglieva le ragnatele.

Non le risposi, ma tentai di baciarla.

Lei si ritrasse e arrossì, sconsiderata e sgualdrina. Anch'ella mentiva e giocava con la vita. Ma quell'essere anomalo, quei travestimenti, quell'ambiguità, quelle commedie che a ogni passo recitava mi stavano sbranando dentro, favorendo lo squilibrio e l'agonia.

Ci lasciammo in quel modo, rinnovando gl'impegni e l'amicizia.

Comprato un ombrello, a piedi e per sbollire il turbamento, raggiunsi il lungo Senna. A non più di 500 passi sorgeva il Palazzo dove si riuniva l'Assemblea Legislativa. Non presi la vettura perché volevo godermi il refrigerio e l'insperato temporale, anche se l'acciottolato, i marciapiedi, e le facciate degli edifici, innaffiati da quella pioggerella, emanavano nient'altro che calore, e intenso era l'odore di mattone bagnato, o il tanfo tremendo di urina e sterco, là dove gli escrementi della notte venivano gettati in strada.

Il centro città, nonostante l'esodo di molti, contava oltre 630-mila abitanti, ormai stipati in ogni luogo, purché un tetto, o la sola parvenza di esso, potesse riparare dal freddo e dall'inverno. E anche le schiere di mendicanti e ladroni si stavano di molto ingrossando, e quando ti spostavi dovevi tenere sotto controllo i monili e la borsa, perché i predoni erano scaltrissimi ed esistevano delle vere e proprie scuole di malavita e di rapina.

All'angolo del Pont-Royal, scorto un venditore di cialde, mi avvicinai e ne comprai alcune, come quando, da piccolo, i nonni me le portavano il giorno del Santo Patrono. Poi entrai nel Café de Lille, mi trangugiai un'acquavite per darmi un tono, e spolverai di cipria le gote, per apparire di carnagione sana.

Giunto nel Palazzo che ospitava "Il Cervello di Francia" – così da tempo lo chiamavano – mi recai al posto di guardia per conoscere i colleghi e ricevere le consegne. Proprio in quella mattinata, all'Assemblea Nazionale, si sarebbero dovuti dibattere due ordini del giorno di vitale importanza: la resa di Verdun ai prussiani, e gli eccidi che stavano insanguinando la Francia.

Superata una lunga coda, finalmente il Capo Posto Geron mi ricevette militarmente e, dopo avermi fatto firmare il registro delle presenze, mi guidò fin dentro l'aula del Parlamento dove, in quindici minuti, suonata la campanella di raduno, mi vidi sfilare davanti il fior fiore dei sovversivi, dei doppi o tripli giochisti, dei faziosi, degli estremisti; e le ultime frange del vecchio regime.

Il baccano, i fischi, i richiami, il pestello del Presidente, il vociare dei sanculotti e dei popolani – che nella hall spingevano e respingevano – le intimidazioni, le chiamate al voto, le sfide, l'alternarsi e l'accanirsi dei relatori mi sconvolsero e mi guastarono definitivamente.

A un tale – con abito scarlatto, bottoni d'acciaio e calze di seta nera – il quale stava tentando di avvicinarsi alla tribuna senza permesso, dovetti rifilare un colpo nel basso ventre stringendo nel pugno un piccolo cilindro di ferro. Poi qualcuno mi disse che era il fogliante Laplace, aiutante di La Fayette, ancora per poco nostro comandante.

La baraonda proseguì per ore e ore, ma con il simpatico Geron, a ogni cambio di oratore, ci imboscavamo nella saletta adibita a corpo di guardia e, da buoni camerati, perché anche lui aveva in precedenza militato nei "Fanti di Mare", ci offrivamo un paio di tazze.

Egli si definiva apolitico, e io anche. Egli si diceva per liberare il re, e io anche. Egli parlava di Lione come di una metropoli, e io lo appoggiavo. Perciò ci trovammo subito d'accordo, anche quando mi propose di andare, aggiornatasi la riunione e scioltasi l'adunanza, fino al bordello di Madame Marthe, in rue de la Huchette.

Usando la carrozzella di servizio facemmo in un attimo. Da parte mia, per non sembrare scortese e provinciale, misi mano alle livree monarchiche e offrii champagne e bollito di manzo. Intanto la *maîtresse* chiamò a sé le ragazze. La specialità della casa erano le asiatiche. Cinesi, siamesi, malesiane, tibetane, persiane. Tutte carine e tutte nei lombi addomesticate.

Da quando avevo lasciato la Vandea, quasi tre settimane prima, non avevo più avuto rapporti carnali. Negli ultimi tempi, per sbarcare il lunario, mi ero prestato quale amante della vedova Daudet, padrona di una cartiera e di una cava lavorata dai forzati, nonché mia dirimpettaia a La Roche. Quella donna era più vecchia di me di oltre venti anni, le puzzava il fiato, aveva il sedere pesante, ma – permettetemelo – con la lingua faceva miracoli. Giunto a Parigi, non avendo desiderato che Étienne, anche se con lei non riuscivo a imbastire una tattica, non avevo ancora copulato. Quindi – credetemi – sempre con l'ermafrodito nel cuore, quella sera, infine per necessità di fisico, dovetti ripiegare su due gemelle indiane, Mudù e Midì, flessuose come giunchi e fra di loro molto affiatate.

Con il compagnone scapolo Geron, nonostante il coprifuoco e le pattuglie in giro di perlustrazione, mi recai in rue de la Huchette per alcune notti di filata, mentre, durante il giorno, all'Assemblea Nazionale il dibattito procedeva infuocato e io, non dimentico degl'incarichi, iniziavo a farmi avanti nelle zone della sala frequentate da Danton, Desmoulins e dai loro seguaci.

L'attività erotica e la crapula non mi debilitavano, anzi, mi stavano svagando e ritonificando le membra e la speranza, e così quando vidi per la prima volta Louis de Saint-Just, fresco di nomina e di aspetto, entrare in aula e sedersi accanto a Robespierre... credo il 20 di settembre di quell'anno – proprio la data della vittoria di Valmy – la forza dei miei muscoli e delle mie cavità cerebrali si poteva allineare con quella dei Generali Dumouriez e Kellermann, eroi delle Argonne e dell'Alsazia, al punto che, appena inserito, mi feci coraggio e chiesi al Commissariato che quel giovane deputato dell'Aisne, mio coetaneo e figlio di Marie-Anne Robinot, vedova del Capitano Louis-Jean de Saint-Just de Richebourg, mi venisse affidato.

Due giorni dopo, il 22 settembre 1792, in un tripudio di campane a festa, la Repubblica venne proclamata e il Parlamento – da Assemblea – diventò la libera Convenzione della Francia Repubblicana.
   La libera Convenzione, di un branco di esaltati.

MEMORIA IX

Il biglietto abbandonato. La promessa e la regola. Quindi ancora su Saint-Just. Il pedinamento. Il pestaggio. L'incantamento, poi l'odio verso l'umanità intera.

Ad aula vuota, prima che i bidelli cominciassero a spazzare, noi agenti rovistavamo con cura fra i tavoli e gli scanni dei montagnardi, raccattando documenti stropicciati o dispiegando fogli appallottolati e gettati nelle corsie e negli angoli.

Anche se Saint-Just era il più educato, e ben poco lasciava al cesto delle cartacce, la quarta o la quinta sera di ricognizione, con vero piacere, scovai un biglietto abbandonato – ma bene in vista sul suo banco – che molto mi convinse e mi toccò, divenendo il motivo principale del mio interesse nei suoi confronti, nonché della mia domanda di tutela e sorveglianza.

In bella grafia, e con uno stile essenziale, su di esso egli aveva abbozzato questa dicitura: "L'uomo nobile ama la dote interiore, mentre il volgare venera le cose terrene. L'uomo nobile ama la legge, mentre l'uomo volgare adora il favore". Ciò mi suonò più come una promessa che come una regola. Più come un programma dettato dalle intenzioni, che come un fondamento su cui poter già costruire una condizione. Comunque mi specchiai in quella scrittura, come mai un elaborato umano su di me aveva influito e, trovandomi a mia volta in piena riflessione, e da altre sue ulteriori considerazioni, ben presto capii che Louis voleva mettere le mani su di un principio puro e immobile, comprovato e socialmente adottabile, che a tutti, se applicato, poteva in breve risolvere la vita. Forse quello spirito originario, presente in ognuno di noi, da cui scaturiscono le idee e le valutazioni. Quell'inesauribile miniera plasmata dall'immaginazione e dall'utopia che, ovunque, e in ogni tempo, può rendere l'esistenza consapevole e gioiosa. Quasi una condizione mentale di eterno appagamento e di persistente soddisfazione che va a sottolineare l'agire degli uomini. Un modello valido per tutti, il quale, proprio dall'eguaglianza emotiva iniziale, che caratterizza il genere umano, prende spunto e direzione. Direi la parabola della "Pietra degli Alchimisti", che veniva applicata a un attuale sistema filosofico, pronto a istruire anche gli approcci e i sentimenti più personali, negando, in nome di una libertà astratta, quella richiesta di libertà concreta da cui era nato. Di certo una prospettiva esaltante, che rendeva Saint-Just un prodigio di natura e un essere mandato. Perciò, attratto e invischiato − così come lo siete Voi, in questi giorni, da tale follia miracolosa e magistrale − ne volli sapere di più, affrontandone il sapere inaffrontabile.

Dal fascicolo che Dillon mi consegnò, e che nel mio comodo appartamento con avidità lessi, appresi che l'Arcangelo si era stabilito nella capitale il 18 settembre 1792, pochi giorni dopo il mio arrivo, e che dimorava in una camera dell'Hôtel des États-Unis, in rue Gaillon, presso la chiesa di San Rocco, vicinissimo alla sede dei giacobini.

Orfano giovanissimo di padre, non aveva mai legato con la madre, figlia di un notaio di Decize, e quella conflittualità lo aveva portato in breve a gesti impulsivi e ribelli.

Infatti a diciannove anni, per una delusione amorosa, era fuggito da casa sottraendo l'argenteria e gli ori e, a Parigi, si era poi dato alla bella vita, alloggiando presso un albergo malfamato fino a quando, denunciato dalla stessa genitrice, non fu rinchiuso nella Casa d'Arresto di Picpus.

In quel correzionale restò sei mesi, quindi, simulando il pentimento − e per l'intervento di un vecchio amico di famiglia, il Cavaliere d'Évry − venne scarcerato e impiegato presso l'avvocato Dubois-Decharme di Soissons, il quale, dietro garanzia, lo spinse a iscriversi all'Università di Reims, dove, nell'estate del 1788, ottenne il Baccellierato in Diritto, e poi la Laurea in Legge.

In quegli anni, la sua smodata volontà, e il desiderio di fama, lo avevano portato a spacciarsi quale aristocratico e ad avvicinare ambienti massonici e occultistici, e in seguito a comporre il poema erotico *Organt* che, per lo scandalo che sollevò, fece pubblicità al suo nome, ma lo costrinse a nascondersi a Blérancourt, così da evitare la prigione. Non a caso il libro venne sequestrato dal Capo della Polizia Chenu, per oscenità e perché tale impudenza svelava nell'autore la totale mancanza di ogni principio morale e religioso; quindi bruciato e ridotto in polvere.

La cartella che riguardava Louis riportava anche le tappe della sua fulminea scalata politica, e alcune osservazioni sulla relazione che lo legava all'avvocato Robespierre, il quale, apertamente, indicava Saint-Just come suo futuro delfino e come uomo deciso e votato alla "dottrina della perenne rivoluzione".

Presa visione di quegli incartamenti, e rinchiusi nella memoria i particolari più salienti, iniziai a pedinarlo – penso dal 13 novembre 1792 – lo stesso giorno in cui, motivato dal successo ottenuto, egli aveva esordito alla Convenzione con un discorso contro il re e contro ogni forma di monarchia... anche quelle Costituzionali e più evolute.

Di lì a qualche mese, osservandolo e ascoltandolo, mi convinsi che l'Arcangelo, in tale sua ricerca di assoluto, continuava a essere tormentato e dilaniato dal brutto rapporto che sempre aveva avuto con il reale – la dimensione in cui l'essere si concretizza, ma, mio Presidente, corrompendosi perde la sua autentica carica ideale – e che, chiaramente, era dibattuto fra la virtù relativa e menzognera, soggetta alla debolezza e all'imperfezione umana, e la virtù sorella del rigore e del senso del dovere, la quale aumenta l'incisività dei concetti espressi, e la dirompenza nell'arte oratoria. Il tutto accompagnato da uno spasmodico desiderio di porsi, e di venire riconosciuto, come salvatore del mondo intero.
   Queste mie deduzioni, qualche tempo dopo, vennero comprovate dai tragici eventi di cui tutti siamo a conoscenza; dai suoi volubili cambiamenti di umore; dal frenetico inseguire un indefinito bisogno di riscatto; dal frequente autoglorificarsi; dalla permalosità e dal rapido stizzirsi; dalla facilità con la quale sviluppava i processi intellettuali, e con cui tirava le conclusioni di prammatica; dalla mancanza di senso conciliativo; e dal famelico bisogno di seguaci e manovali – sempre disposti ad assecondare i suoi comodi, e lo sperpero che faceva del denaro – al punto che io, stregato e incantato da tale personalità, e da quel difficile percorso umano, cominciai ad annotare i fatti e i luoghi sulla carta, divenendone l'ombra, e forse l'unica risultanza.
   Ma procediamo con ordine, e senza tralasciare alcunché dei

nostri itinerari avventurosi, dei tanti rimandi psicologici, e delle sovrapposizioni d'identità che fra lui e me, in quell'anno e mezzo di frequentazione, a più riprese intercorsero e ci sostennero, rendendoci fratelli e complici assieme...

Per esempio, la notte gelida in cui venne nominato Presidente dei giacobini, lo seguii da lontano in una delle sue peregrinazioni solitarie e interminabili e, nonostante avesse più volte ostentato filantropia e generosità nei confronti degli oppressi, degli sventurati, e degli operai meno abbienti, assistetti a una scena raccapricciante, che però molto mi illuminò sulla sua vera faccia, e sulla violenza che in lui covava – quasi sempre innescata da un profondo senso estetico, o dal reputarsi il migliore e il dominatore.

Nella zona des Arcis, nei pressi del Convento di Nostra Signora dalle Sette Spade, si imbatté in un anziano mendicante sporco e privo di una gamba, il quale, da terra, gli domandò l'elemosina chiamandolo "Signore", "Vostra Eccellenza" e "Vostra Grazia". A quel punto, credendosi non osservato, Louis afferrò il "bastone animato", che portava sempre con sé, con ambedue le mani, e principiò a colpire e ricolpire quel poveretto che, inutilmente, tentava di ripararsi dietro le stampelle e le magre braccia.

Dalle nicchie delle antiche mura, e da un vicino edificio pericolante, sbucarono altri pezzenti che, in un baleno, lo circondarono. Senza esitare, l'Arcangelo estrasse la lama dal bordone e, privo di alcuna preoccupazione, si mise in guardia.

Da parte mia non mi mossi da dietro l'albero che mi nascondeva perché, da vero spettatore, ero troppo curioso di assistere all'apoteosi e al gran finale. Rimediando una lieve coltellata in una coscia, e un graffio alla mano destra, ne stese due e fece scappare i rimanenti a calci nei fondelli, poi si girò e, con brutalità, pestò il viso al vecchio, quindi ripulì con cura il ferro sulla giacca del malcapitato e, rinfoderandolo, se ne andò fischiando una tenera ballata.

Un'altra volta, nella taverna del "Bastione di San Giacomo", locale in cui, di solito, per scelta morale e per raffinatezza non entrava, un paio di sensali ubriachi non riconobbero lui e Vergniaud quali membri Convenzionali e, mancando di rispetto, li definirono "principini azzimati". Di rimando a tale provocazione, la sua reazione fu delle più dirette e di un'individualità geniale. Fermando il collega girondino – che in politica non stimava, ma con cui stava patteggiando un voto per l'indomani – da solo sfidò i due ignari popolani, domandoli con gli occhi e schiaffeggiandoli a più mani, così che l'incidente finì in quella maniera, con gli avventori riverenti che si scusarono gridando «Viva Saint-Just e Viva la Francia!» e la platea in piedi, infervorata, e intenta a battere le nocche sui tavoli.

Spiandolo e ritrovandomelo nel quotidiano, l'ammirazione nei suoi confronti mi aumentò. Venni infatti magnetizzato dalla tranquillità disarmante con cui dichiarava il proprio stato di inviato da Dio e dalla Grazia, e dalla lucida efferatezza che all'occorrenza sguainava contro gli altri potenti, o contro lo stato delle cose. Pareva incontenibile e predisposto ad ogni gesto e io, nel bene o nel male, di certo lo invidiavo, in particolare quando pronunciava frasi e altri imperii, consegnandoli alla stampa, quali: «Non vivo che nell'attesa di sacrificarmi per la Patria, infatti vedo solo la strada che ancora mi divide da mio padre e dai gradini del Panthéon». Oppure: «Voglio crearmi per l'eternità una vita indipendente nei secoli e nei cieli». O anche: «Alle volte nulla assomiglia alla somma virtù come un grande delitto...». E proprio da ciò compresi che Louis si preoccupava non tanto del giudizio dei contemporanei, quanto di quello dei posteri, e che, sebbene partecipe al suo tempo, sembrava un attore pronto a interpretare i personaggi più diversi e strampalati, e insieme un antico condottiero romano, a completa disposizione di quei biografi che gli avrebbero dovuto procurare la storicizzazione e la fama.

Ma il meglio doveva ancora venire. Il totalitarismo, l'assolutismo, l'inneggiare al partito unico, il militarismo, furono tutte componenti che caratterizzarono la seconda fase del suo... del nostro brevissimo esercizio di governo. Perché egli era un meccanismo in costante movimento, sempre oppresso da un bisogno impellente di lotta e di impegno, che rispondeva ai nemici con disprezzo, se non reagivano, e con la spada e l'offesa, se gli resistevano, e che mai mostrò considerazione per le visioni altrui, e che sempre si presentò agli avversari con durezza o con sufficienza.

Egli, pieno di sé, non faceva dell'umanità una pratica, ma esclusivamente una teoria o un'ipotesi di potere, e io – mio

Presidente – con la scusa di redigere i rapporti per l'archivio della polizia, mi trovai a testimoniarne la grandezza e a diventarne l'epilogo e il prosieguo.

Saint-Just e solo Saint-Just era quel cardine filosofico che ricorreva in ogni sua predica.

Egli, e solo egli, odiava il mondo... e forse, il cosmo intero.

MEMORIA X

I fatti del giorno. La chiesa di Saint-Germain-des-Prés. Io fedele tra i fedeli. La confessione, la preghiera; poi, quale conforto, una piacevole assoluzione.

Nel gennaio 1793, alla Convenzione, venne votata la condanna a morte di Luigi Capeto... il re. Il mattino del giorno seguente, recandomi come ogni domenica a Saint-Germain-des-Prés, per il contatto settimanale, acquistai alcuni giornali fra i tanti: "L'Ami du Peuple" di Marat, "Le Défenseur de la Constitution" di Robespierre, quindi "Les Révolutions de France et de Brabant", nonché "Le Vieux Cordelier", ambedue diretti da Camillo Desmoulins e da sua moglie Lucilla e, manco a dirlo, tutti riportavano in prima pagina una delle immancabili uscite lapidarie di Louis: "Il patibolo al monarca è la giusta risultanza di un reato. Non si può regnare con innocenza. La follia di credere il contrario è fin troppo evidente".

Con trepidazione, dai medesimi fogli appresi come, oltre all'Austria e alla Prussia – con cui le ostilità da circa un anno erano iniziate – ci si stava preparando a dichiarare guerra anche all'Inghilterra, all'Olanda, alla Russia, alla Spagna, al Portogallo, ai Regni di Sardegna e di Napoli, e al Ducato di Parma. Ciò mi parve alquanto sbalorditivo e inopportuno, visto che, nonostante i nostri 600mila soldati, le campagne militari andavano male e procedevano a rilento. Intanto la capitale, che ormai conoscevo in tutti i suoi angoli più nascosti, si stava risvegliando silenziosa e imbiancata di neve. Appena appena una sbruffata per attenuare il freddo intenso. Nel contempo, sui terrazzi e alle finestre, apparivano bacili, scaldini, e non so quanti altri strumenti usati durante la notte per intiepidire i letti. A quella vista mi ricordai di come, in Vandea, i miei concittadini sfruttassero la combustione lenta della torba per scaldarsi, oppure, dopo averli fatti seccare al sole dell'estate, bruciassero i rifiuti vegetali che il mare aveva gettato sulle spiagge, così che, dai piccoli

camini, dove anche ci si cuoceva e ci si urinava dentro, gli ef-
fluvi malefici si spandevano per la casa, andandosi a mischiare
con il denso aroma degl'intingoli, e con l'afrore stucchevole del
sanguinaccio o delle uve passe.

Quindi, al Caffè di San Martino, dove mangiai le solite uova
sode e il pâté all'erba cipollina, sfogliando delle riviste meno
impegnative tra cui "La Chronique de Paris", o anche il periodi-
co femminile "Courrier de l'Hymen", alcune notizie catturarono
la mia attenzione, perché significative e attuali, ma oltremodo
allarmanti e fastidiose.

A parte le costanti e particolareggiate informazioni riguardanti
l'attività dei circa 5.000 rapinatori urbani, notai come il numero
dei suicidi stesse aumentando – quale riflesso della miseria e del
crollo di certi valori che i nuovi imposti non erano ancora riusciti
a compensare – e come anche l'elenco delle bambine e dei
bambini iniziati dalle stesse madri alla prostituzione, e trovati in
flagrante delitto di fornicazione, riempisse quasi una mezza pagina; poi come gli orfanotrofi, gli asili, i convitti religiosi, gli ostel-
li e le baracche della Comune straripassero perché invasi da de-
relitti e da trovatelli; e ancora che non passava giorno che nelle
acque della Senna non si ripescassero corpicini di neonati o sal-
me di minorati, di cui ci si era sbarazzati durante la notte, come
fossero cuccioli di gatti o inutili fagotti da buttare.

A tali nuove, benché mi sforzassi di apparire immune, sempre
un brivido mi attraversava le guance.

Uscito dal locale, incontrai ben pochi passanti, e nessuno si arri-
schiò a darmi il buon giorno o la parola; solo una lavandaia dalle
mani viola a cui, raccattando il sapone, avevo stretto l'occhio,
mi ringraziò come cittadino gentile o forse perché elegante e
con la faccia da signore.

Davanti alla chiesa di Saint-Germain, dei cinque o sei ban-
chetti degli scrivani pubblici, ne vidi montato solo uno, quello
del decrepito Orazio, la penna più candida e arzigogolata. A
lui mi avvicinai perché informatore della polizia e insolitamen-
te sfaccendato. Egli si alzò e mi salutò agitando i mezzi guan-
ti. Ripensando a Lavater lo paragonai a un raggrinzito barba-
gianni; quindi lesto gli domandai: «Poco lavoro oggi?».

«Non si scrive quando le teste rotolano» mi rispose «meglio
leggere e stare a distanza.» E, catturato dall'argomento, mi rivelò che anche i suoi amici violinisti e cantori di piazza – il bru-
no Jean Lair, il famoso normanno Leveau detto *Beauchant*, e

l'ex sacrestano Ladré – avevano disertato il Pont Neuf, il Pont au Change, e il *tabarin*, preferendo rimanere in casa, sebbene fossero di idea giacobina, e sostenitori del governo autoritario.

Sorridendo, gli diedi un colpetto sulla pancia e, circospetto, entrai nel tempio ogivale – il più vecchio di Parigi, perché costruito da oltre settecento anni.

Saint-Germain-des-Prés era una delle poche chiese rimaste aperte al culto. Si officiava un'unica Messa che principiava all'ora quinta, circa le dieci e trenta, e terminava a mezzogiorno. Non ospitava canonici o chierici fissi, e veniva chiusa ogni pomeriggio. Buona parte delle navate e l'intera sacrestia erano state requisite per ammucchiarvi derrate e fiaschi, o per fare spazio a sacchi di avena e a balle di cotone, strettamente sorvegliati da alcuni militari.

Appena varcato il portale ci si imbatteva in una ventina di statue di santi decollati o sfigurati dai colpi di martello dei rivoltosi, che in quel luogo avevano fatto irruzione durante i massacri consumati l'anno avanti, e certe lapidi medioevali, e pure una lastra tombale scalzata dal pavimento, erano state rimosse e ancora servivano per sedersi o per appoggiare le casse. Anche una grande croce di pietra giaceva là dove l'avevano ribaltata, e le meravigliose vetrate colorate che raffiguravano gli angeli e i beati apparivano crivellate dai proiettili dei moschetti, o dalle brutali sassate dei facchini di Vanves.

Più per superstizione che per altro, io, ogni domenica, ripetevo il medesimo rituale e ricorrevo alle stesse precauzioni grossolane. Fattomi il segno della Croce, dopo aver bevuto un goccio di acqua benedetta, mi acquattavo dietro le colonne e, aspettando l'ora stabilita, fissavo la sparuta schiera di fedeli mariani i quali, ammucchiati come pecore nella steccaia, con movimenti a tratti ispirati o a tratti nervosi, assistevano alla funzione. Erano quei cattolici ostinati e irriducibili che, nella loro manifesta insofferenza, o nella loro pia devozione, da novelli martiri già mostravano gli spasimi della tortura, o le contrazioni di quella morte sul patibolo che, entro breve, li avrebbe colti.

Dentro la cappella del Redentore, a pochi passi dall'entrata, si stagliavano cinque confessionali incastrati nella parete. I sacerdoti, per accedervi, non passavano dall'esterno, bensì giungevano direttamente da certi cunicoli riposti – un vero e proprio labirinto nascosto che, partendo dal coro, si snodava all'interno degli spessi muri della chiesa. Quindi il peccatore non vedeva mai in faccia il suo confessore, ma unicamente si rendeva conto della presenza del sacerdote da una bandierina di latta sporgente – quasi un segnavento – che, se alzata, dava il via libera al sacramento o, se abbassata, suggeriva al cristiano di astenersi. Detto questo, un piccolo sportello si apriva anche sul davanti del legno. Utile per chi voleva accedervi. Infatti, nella stagione fredda, tutti i confessionali venivano occupati da megere e accattoni i quali, sacrileghi e privi di ritegno, li usavano per scopi non certo degni. Solo quello indicatomi dall'Organizzazione era sempre e stranamente vuoto e deserto, fino a quando, alle undici in punto, il bandierotto non saliva in alto, e io mi genuflettevo alla grata e cominciavo senza preamboli a snocciolare i nominativi degli ufficiali e degli aristocratici giudicati sospetti, o quelli che avevo letto sul quaderno degli arresti, o che avevo sentito recitare nei corridoi dei Commissariati o delle Commissioni, oppure quei soggetti ricordati da Saint-Just e dai suoi diretti collaboratori, durante le Soste alla Convenzione.

Le volte che ero privo di vere informazioni, inventavo spudoratamente nomi e questioni cercando di non cadere in contraddizione – e spronavo l'immaginazione ipotizzando colpi di mano o proponendo formule vincenti, anche se confuse – e con quelle fantasiose narrazioni tornavo fanciullo quando, all'abate, durante la confessione, non rivelavo mai il tutto per intero, evitando i peccati che giudicavo i più scabrosi, per poi, tramite uno stratagemma, riconfessarmi dopo poco e ammettere che ero stato anche bugiardo e truffatore, quindi di nuovo venire assolto, compensando con la seconda ammissione le prime verità nascoste. Da ciò – mio Signore – avrete inteso con quale spirito mi dedicavo a tale missione. Non a caso le mie sedute da spione si esaurivano in circa un quarto d'ora. Quindici minuti di monologo senza mai scorgere o udire l'interlocutore misterioso, che, nel buio, avrebbe potuto essere chiunque o qualsiasi cosa... fors'anche una vaga presenza o l'inganno di una apparizione. Invece concrete erano le 900 livree che ogni volta m'intascavo, e che poi spendevo in breve tempo e senza ragione. Infatti il momento più bello veniva quando, pronunciato il fatidico «Non ho altro da rivelarvi. Ci risentiremo presto», mi precipitavo allo scrigno del San Sebastiano, baciandogli i piedi e liberandolo da *mammona* e dal vile segreto che conteneva.

Ma quella domenica, sciorinati lentamente una decina di nomi; commentata da vero ipocrita la sorte di Luigi XVI, di cui nulla del resto m'importava; maledetti i sovversivi e tutti i nemici della legalità e della Corona; stavo già pensando a come scialacquare il denaro santificato, quando, dall'interno del legno, una voce soffocata, gutturale, e un po' metallica, mi bloccò inginocchiato e, impietosa, mi pugnalò nel mezzo della schiena.

«Rouge-Gorge» disse «avete ancora voglia di scherzare? Fino a oggi ci siamo accontentati del vostro modesto arrabattarvi, di notizie di scarto o che già sapevamo, e della promessa di muovervi e di brigare, ma il tempo stringe e siete chiamato a maggiori responsabilità. Molto ci siete costato e per voi è finalmente giunta l'occasione di ricambiare. Siamo al corrente dell'incarico che la polizia vi ha assegnato...» E io, pronto e ruffiano: «Che ho richiesto per favorire la nostra causa». Ma la voce, imperturbabile: «Faceva parte del vostro dovere. È la sola azione produttiva che avete imbastito in un anno...». Quindi, cambiato il tono, tossì per continuare: «La situazione la conoscete bene. Il nostro amato sovrano è in pericolo mortale, e la Nazione è in preda al caos e allo sbando generale. Qualsiasi uomo, anche il più scellerato, non può esimersi dal lottare. Voi che siete a contatto con Saint-Just fino al punto di scortarlo...». Al che io, veloce e procace: «Ma a sua insaputa, e da lontano». E lo sconosciuto, sempre più glaciale: «Ancora per poco, fidatevi... Dicevo, voi che fra pochi giorni sarete ancora più vicino a quella iena avvelenata, dovete senza indugio ammazzarlo. Dovete affrontarlo e abbatterlo, altrimenti...» ancora tossì, riprendendo fiato «pagherete voi il saldo, e non senza tribolare».

A quelle intimidazioni la voce raschiante parve cadere in un pozzo senza fondo, e il senso del parlato svanì fra i canti della Messa e i passi cadenzati delle sentinelle, lasciando, in lontananza, un abbaio ovattato e un leggero strascico di piedi. Fu allora che, azzittito, mi appoggiai alla rete e restai per un qualche istante ad ascoltare le orazioni e il dialogo sacro, poi anch'io, con semplicità, domandai: «Perché, Dio, hai pensato a Rouge-Gorge per dimostrare al mondo che l'appetito e la smania generano ansia e castigo? Perché hai riversato su di me una tale punizione? Ti avevo chiesto un po' di comprensione e un qualche onore; ma forse ho sbagliato interlocutore. Non eri tu la divinità a cui rivolgermi. Con te si è sempre da capo. Di nuovo mi rigetti nel marasma. Ancora un ribaltamento. Un ennesimo ribaltamento. Un alto e basso... alto e basso che si ripete... e non so cosa fare. Amen!».

Attaccatomi allo stipite del confessionale, mi sollevai. Deglutii, ma la saliva era evaporata. Aggiustai il collo di pelo del mantello che avevo ritirato dal sarto alcuni giorni avanti – una cappa di lana foderata di volpe con, naturalmente, le mie false iniziali in bella vista ricamate – quindi, rassegnato, andai verso la statuetta del San Sebastiano e aprii il cassettino.

Illuminate dal dubbio, le sue frecce mi parvero raggi dorati.

Con trepidazione introdussi la mano. Il mazzo degli assegnati repubblicani frusciò nel mio palmo. Respirai, e con impudenza li contai. Non erano 900, bensì 9.000!
Rimasi esterrefatto. Avevo a che fare con gente che, alla perfezione, conosceva la liturgia umana.
Ringraziai Dio e... perché no, ringraziai anche il Diavolo.

Ringraziai me stesso e, quindi, me ne scappai.

MEMORIA XI

Sulla serata al club giacobino. Riguardo a Geron e al nostro presentarci a Saint-Just. Il colloquio. La rincorsa. La dichiarazione. Quindi sull'adozione di Étienne; e sulla esecuzione del re.

Ordunque, causa l'attentato al patriota Lepeletier de Saint-Fargeau, assassinato da una squadra di monarchici a Palazzo Égalité, Robespierre fece richiesta a tutti i Commissariati parigini, e alle sedi della Guardia Nazionale, di ordinare agli uomini preposti alla sorveglianza palese o riservata dei parlamentari giacobini di presentarsi quella stessa sera del 20 gennaio presso il club di detto raggruppamento, così che i deputati potessero conoscere i militari a loro assegnati, e con essi familiarizzare.

Facendomi accompagnare da Jean il cocchiere, anche perché in lui aumentasse la fedeltà e la dedizione, giunsi in rue Saint-Honoré, davanti al convento di Saint-Jacob, dopo l'ora di cena.

Il refettorio del monastero era già gremito da oltre 200 persone, e molte le facce che riconobbi e a cui inviai un saluto.

Trovato un posto, e guardando la ressa che avevo dinnanzi, il primo pensiero che mi attraversò la mente fu: "Chissà quanti dei presenti sono a libro paga di De Batz. Chissà quanti sono disposti a tradire e anche ad ammazzare un compagno". Poi cercai con lo sguardo il biondo Saint-Just. Lo cercai, ma i richiami del paralitico Couthon, sulla sua seggiola a tre ruote, fecero ammutolire la platea e dissolvere nell'esitanza le mie angosce da aspirante carnefice.

«Cittadini, procediamo per importanza e con disciplina» gridò quello scherzo di natura «ora leggerò una lista completa e, per ogni Convenzionale annunciato, si faccia avanti lo sbirro che gli è di guardia.» Al che rise sgangheratamente... rise da solo, senza che nessuno lo seguisse, quindi, con enfasi, cominciò a elencare: «Maximilien Robespierre!».

Da un gruppo di graduati uscì fuori un giovincello di testa grossa e di gamba corta – in verità molto somigliante all'uomo che aveva da proteggere – il quale, in modo alquanto zelante, disse di chiamarsi Asdrubale Thiers, Capitano dei Servizi Riservati della Guardia. A quella vista, da una tribunetta a fianco, piovve un commento per nulla delicato: «Maximilien, non vedi che è la tua copia? Non sarà un tuo figlio illegittimo?». A tale cagnara un qualche temerario, rammentando l'avversione che Robespierre provava per le donne, si diede di gomito con il vicino e ridacchiò sotto i baffi. Ma l'Incorruttibile non si scompose e, avvicinandosi al ragazzo in divisa, passandogli un braccio attorno alle spalle, ci diede la voce con apparente calma: «Fratelli, sono io figlio a lui. Trattatemelo bene, deve durarmi».

Quella battuta a certuni piacque, mentre altri fischiarono per lo spasso.

Latrando, Couthon si fece ancora sentire: «Louis de Saint-Just!».

Vi confesso che da quelle tre parole fui colto impreparato: infatti mi aspettavo ben altro appello e di ben altri personaggi. Restai perciò come intorpidito ed estraneo, così che una vampata di emozione mi trattenne nel dire e nel fare.

Presidente – ero in una situazione del tutto ridicola. Volevo buttarmi avanti e, finalmente, presentarmi a Louis, ma, alla resa dei fatti, l'emotività e il batticuore mi impedivano di avanzare. Avrei potuto tacere e nessuno, essendo al corrente, mi avrebbe indicato come il gendarme assegnato. Avrei potuto rimandare. Avrei potuto, con astuzia, evitare – dovendo ucciderlo – e forse il non scoprirsi, celando l'identità e l'ufficio, sarebbe stata la giusta scienza per colpirlo, o anche... Ma lo sgorbio Couthon mi richiamò di nuovo alla vita: «Avanti, cittadini, chi di voi segue il divino Arcangelo? Oppure devo intendere che Louis ha già di suo una tale capacità e un'energia che non gli serve una pistola amica?».

«Couthon, bisogna vedere se poi la pistola è nel vero amica, o se lo diventa solo per darmi l'estremo servizio!» Subito lo riconobbi. Quello era il ringhio di Saint-Just. Il ringhio di quando mordeva o scendeva in campo, e guai a chi lo ostacolava o si burlava di lui. Egli aveva parlato da seduto, coperto da altri deputati della regione che rappresentava, poi, lentamente, si levò e apparve in tutta la sua statura.

«Forza, chi di voi mi sta spiando?» chiese, guardandosi attorno.

Avvinto, non potei più trattenermi. La decisione e il magnetismo che sprigionava mi sciolsero ogni remora. Alzai la mano e gridai «Io... Gabriel Rouge-Gorge» mentre, all'unisono, dalla parte opposta del refettorio: «Io... François Geron!».

Com'era possibile! Di scatto ci voltammo e ci fissammo. Di fronte a me vidi proprio il camerata Geron, Capo Posto all'Assemblea Nazionale, che, dopo le bisbocce dei tempi andati, fin da novembre avevo lasciato per altre compagnie. Il nostro Geron, che voleva il re salvo, che poco s'interessava di politica e di rivoluzione, e che desiderava maniere di governo più civili e umane. Io e il donnaiolo Geron, quale combinazione! Ambedue all'insaputa l'uno dell'altro si era di guardia a Louis il Grande. Comunque strano. Veramente strano. Forse io non sapendo di lui, ma forse Geron sapendo di me. Allora chi era Geron? Forse lui di guardia più a me che a Saint-Just? Forse mandato dall'Occulta Organizzazione perché portassi a termine il compito e non provassi a darmela a gambe? Sì, forse era così. Sì, certo, era proprio così... o forse per l'ossessione che mi consumava dentro, mi stavo spingendo troppo innanzi. Mi stavo fabbricando un ennesimo fantasma. Un ennesimo pensiero da domare, votandomi all'insonnia e all'affanno.

In ogni modo l'avrei prevenuto. Non avrebbe fatto il furbo. Mi ripromisi che lo avrei neutralizzato a dovere, e che gli avrei fatto sputare la verità, anche a costo di bruciarmi la piazza e la sorpresa.

Al "casuale" duetto gl'intervenuti applaudirono, e alcuni urlarono: «Un paio...! Addirittura un paio di poliziotti alle calcagna. Attento, Angelo, il tuo prestigio da un lato cresce, ma dall'altro cala!».

Louis stese le braccia per zittire la sala, mentre a noi fece cenno di raggiungerlo dietro le panche, dove, scrutandoci a fondo per mezzo di scarne domande, ci esplorò interrogandoci.

Se da parte mia una contrazione nervosa mi agitò le gambe per tutta la durata del dialogo, per ciò che riguarda Geron, la sua imperscrutabilità parve sfingea.

Difatti rispose con tranquillità a tutti i quesiti e, terminata ogni replica, mi andava a sbirciare per un attimo e con naturalezza, da vero professionista dell'inganno. Solo alla domanda «Vi conoscevate in precedenza, o questa è la prima volta che vi incontrate?», egli lasciò affiorare un sussulto d'impaccio, ma subito si riprese, mentendo da vero saltimbanco. «È la prima volta che c'incontriamo» disse «solo da pochi giorni sono stato assegnato a questo servizio.» Mentre io tacqui, per convenienza e per non creare degli inutili contrasti.

Il colloquio finì così, con Saint-Just seduto fra me e il mio antico compagno di follie, mentre la quadriglia, nel pieno della nottata, stava andando a continuare. Ad ogni deputato la sua metà, e a ogni suonata... la sua becera finzione e l'immancabile abbraccio.

Terminato il convegno, sentendomi per niente bene, e volendo evitare il faccia a faccia con Geron, svicolai nel chiostro per dirigermi verso l'uscita dove Jean, intabarrato, stava aspettando con la vettura, ma, proprio sulla porta, Louis mi fermò con quel tono a cui non si poteva non ubbidire. «Ehi, tu, Rouge-Gorge!» e di corsa attraversò il porticato tra sbuffi bianchi di alito. «Mi piaci» disse «mi piaci veramente. A prima vista mi sei risultato simpatico. Sono contento che tu sia l'addetto alla mia persona, e spero che lo sarai anche alla mia causa.» E in tal modo mi si rivolse, con un'espressione impertinente, ma nel contempo umorosa e candida; e così mi sentii illanguidire e scivolare, come un baco nella seta, o le ciliege nella grappa; perciò gli risposi: «Cittadino, è da molto che ti ammiro, non dubitare, ti starò vicino». E lui, prendendomi la mano con la sua calda: «Domani giustizieremo il re, passami a prendere, mi hanno riservato una finestra al Ministero degli Esteri. Da quella assisteremo all'avvento della nuova era, e al cambio della pelle. Porta anche tua moglie, o la tua fidanzata. A un tale spettacolo non si deve mancare». Spontaneamente gli dissi: «Va bene, contaci». Poi, imbambolato, e con Jean che decantava la fortuna capitatami, trottammo verso casa.

Quella notte, come al solito, non riuscii a chiudere occhio. Il silenzio che regnava nell'appartamento, e fuori in strada, mi angustiava al punto che non presi sonno neppure dopo essermi scolato un'ottima bottiglia di Borgogna.

Ancora mi agitai, e ancora pensai alla buona sorte che gli altri mi attribuivano, senza però rendersi conto di ciò che in verità rischiavo. Infatti – mio Presidente – il parere degli uomini il più delle volte si basa su quello che esteriormente vedono, dilatandolo e adeguandolo al piacere di ciò che vogliono credere; dando perciò, dell'altrui esperienza, una lettura oltremodo positiva, o negandoti a seconda del sentimento che provano nei tuoi confronti; o del desiderio che in quell'attimo li governa; o dell'invidia che ambiscono risolvere.

Il giorno seguente – il 21 gennaio 1793 – mi recai da Étienne per condurla all'esecuzione, e presentarla in società come fosse la mia compagna, anche se, in quei mesi di incontri, sfregamenti, regali e cene a lume di candela, la nostra conoscenza non si era mai spinta oltre il bacio, o un qualche furtivo toccamento.

Girato l'angolo, Jean e io la trovammo intirizzita e in lacrime, spettinata e raggomitolata in un cappotto di panno, vicino al cancello della palazzina.

In un primo momento pensai a un nuovo gesto di violenza, ma ella ci rassicurò raccontando che, a seguito dell'improvvisa fuga della Marchesa di Amiens, si poteva considerare senza alloggio e privata dello stipendio; in vero, la casa era chiusa, e le rimanevano solo 100 livree di quelle che la padrona le aveva affidato per la spesa. Difatti, proprio mentre Étienne faceva la fila o si aggirava per i mercati e le botteghe, preso l'indispensabile e le gioie di famiglia, anche la Marchesa aveva scelto la strada dell'esilio.

In breve compresi il perché non si era portata l'ermafrodito al seguito. Causa l'affiatamento che fra noi correva, e la protezione che davo alla fanciulla, non si era fidata di rivelare l'intento, avendo però avuto il buon gusto di lasciarle fuori dalla porta un baule con dentro gli effetti personali, e quegli oggetti a cui il mio bene teneva.

Tranquillizzati dalla narrazione, ammetto che di tale sventura fui ben presto contento. Perciò ordinai a Jean di caricare il bagaglio e di portarci in fretta e furia al mio appartamento dove, già allegra, quel fiore raro si toelettò, mise a posto gli abiti, stese le sue cose e, prendendomi per il naso, sentenziò: «Gabriel, non illudetevi, è solo una sistemazione provvisoria. Non appena il tutto sarà finito troverò una nuova occupazione e toglierò il disturbo. Già fin troppo vi siete prodigato per me, e voi, nei miei confronti, non avete alcun impegno». Io incassai, e feci finta di niente. Guardai l'orologio, mi versai un bicchiere di sidro, e mi avviluppai nel mantello. Ripresa la carrozza, a bassa velocità causa il ghiaccio e il traffico intenso, raggiungemmo Louis. Assieme a lui caricammo anche certi suoi amici: un vescovo e una suora di Metz che, gettate le vesti, si erano sposati; un ex Colonnello dei Dragoni Reali; e l'italiano Filippo Buonarroti, magro, pallido, e dall'intenso profumo di muschio.

Giunti a destinazione e saliti al secondo piano, notai come dalle finestre del Ministero si potesse dominare tutta place de la Révolution.

Migliaia e migliaia di persone si accalcavano attorno alla "Piccola Luisette", "il Rasoio Nazionale", "Madame la Ghigliottina", e detta folla era tenuta a distanza da quattro cordoni di soldati, a piedi e a cavallo, mentre le *tricoteuses*, "le furie della mannaia", appollaiate sui loro alti sgabelli, sferruzzavano a maglia e lavoravano di uncinetto, aspettando il momento solenne.

Il vociare era assordante e l'agitazione e l'ebbrezza si tagliavano con il coltello. Louis ed Étienne – io ero un poco più indietro – parlavano fra loro animatamente. A tratti si fermavano, si attraversavano con gli sguardi, quindi sorridevano, poi di nuovo si raccontavano chissà cosa e chissà con quale audacia. So solo che erano stupendi, giovani, dai lineamenti accoglienti e, nel fisico, modellati per passare di letto in letto. Quindi si sfioravano con noncuranza o si cercavano per indicare un nulla, nella piazza, quale pretesto. Si appropriavano l'uno delle fattezze dell'altro, l'uno dei pregi dell'altro, per poi ritrovarsi quali eletti.

Io mi mordevo le dita, e maledicevo la gente e il tempo. Mi pentivo di aver presentato Étienne come la mia fidanzata, e non sopportavo di stare a reggere la lanterna. Ma li desideravo entrambi. Li desideravo come mai avevo spasimato per alcuna femmina, o per un qualcosa di terreno. Ero diventato pazzo, pazzo di gelosia e pronto a darmi, se mi avessero compreso.

I tamburi velati azzerarono ciò che di uomo in me restava.

Anche il Signor Sanson, il boia, aveva fatto la sua entrata, e quindi il nostro monarca, in camicia e torace possente, con nobiltà e decoro, come fosse all'opera, o su di un altro palco, ma in ben altra gelida commedia.

Ancora il silenzio, il silenzio che detestavo, e i "lenti preparativi" – ben degni di tale nomea.

Mi scostai dalla finestra e, lasciando la stanza, mi trovai in piedi, al centro di un androne, con il palmo sul calcio della pistola e un sospeso con la morte.

Udii il boato della moltitudine e una porta spalancarsi. Chi apparve lo riconobbi anche senza guardare. Era Geron. Geron il perverso.

MEMORIA XII

La guerra delle pulci e del pane. I giochi d'azzardo. L'agguato alla Casa per il Divertimento di place du Carrousel. Saint-Just viene ferito. Un sicario parla per salvarsi la vita. Le mie rivelazioni per assumere un ruolo, e per non perdere il vantaggio.

Oltre al conflitto repubblicano, combattuto sulle frontiere contro la Coalizione Europea, altre schermaglie erano all'ordine del giorno, e si consumavano nelle sofferenze e negli eccidi lungo le vie o nelle case di Parigi. Mi riferisco alle giuste battaglie perpetrate nei confronti dello sporco, delle pulci, e delle cimici, che ovunque albergavano, e che, anche durante la stagione invernale, succhiavano sangue e iniettavano uova infette sotto la pelle. Oppure a quelle scaramucce, sempre dall'esito incerto, affrontate da ognuno singolarmente, che riguardavano il reperimento del cibo o della legna da ardere, per salvarsi dal freddo dell'inverno.

Per ciò che concerneva la lotta quotidiana contro la scabbia e gl'insetti, molti erano i metodi efficaci e sperimentati. Affumicare le lenzuola e gli ambienti, spruzzare di calce viva o di aceto le crepe, cospargersi il corpo di unguenti fetidi, spidocchiarsi vicendevolmente. Mentre, per il recupero degli alimenti, si recitava a soggetto e non senza armarsi di pazienza. Non dico che le derrate non arrivassero dalle campagne, ma erano insufficienti per la richiesta e per il fabbisogno generale.

Nella dieta del cittadino, il pane costituiva il nutrimento principale. Amalgamato con sorbo o pula, e cotto alla *buffetto*, alla *Gonesse*, alla *Mouton* o alla *Limousin*, era comunque da trovare, come le rape, i cavoli, le carote, i piselli e le fave, oppure le cipolle, le lenticchie, l'aglio e le aringhe salate, che servivano da contorno e da companatico. E alquanto tonificante era assistere, per chi raccomandato, alla maestria dei cuochi e dei fornai.

Timanthe, così detto perché assomigliava al famoso pittore greco, fu per molto tempo il panettiere del nostro rione. A torso nudo, e a capelli legati, riversava tutta la destrezza e l'abilità di generazioni e generazioni sul morbido impasto che, con l'acqua calda, il lievito, e il sudore umano, veniva mischiato, sollevato, disteso, tirato, quindi strappato da muscoli, mani e dita guizzanti.

Spesso io e Louis, nel cuore della notte, ci fermavamo a salutarlo e, soprattutto, ad ammirarlo, entrando in quella sua cantina dal soffitto basso, ricoperta di legno e canne palustri, la quale, ad ogni scintilla, poteva andare in fiamme.

Da lui invitati, ci scaldavamo vicino al forno, proprio seduti sulla madia e sull'asse, nel ventre buio e correo dove «Ogni poesia e l'etica del sangue e del fuoco» come diceva il mio compagno «non possono che diventare commestibili e riempi-budella».

In quel luogo, merito delle chiacchiere e delle fragranze, si tirava sempre all'alba, reduci da interminabili serate passate al tavolo da gioco.

Saint-Just perdeva continuamente, e i debiti lo stavano travolgendo, ma ostinato e coerente – qualità che andavano di braccetto con ben altre contraddizioni, e con lo spregio che aveva della moneta – non voleva farsi pari concedendo favori o indulgenze.

La propensione che aveva per l'azzardo era una vera e propria debolezza, l'unica definibile come tale, o forse era da considerarsi unita a un altro difetto – naturalmente avvertito da lui quale pregio – cioè avere a dispetto l'esistenza e i costumi che la reggono. E quell'atteggiamento gli attirava molte antipatie, perché severo con gli sconosciuti, e mal disposto alla conversazione intrigante e leggera; quella rivolta alla reciproca adulazione, e perciò alla compiacenza.

Le sue demoniache passioni, come per Mirabeau, o per il nostro amico Agostino, fratello di Robespierre, erano il *Trente et Quarante*, il *Creps*, il *Passadieci*; e le sole concubine per cui veramente si struggeva si chiamavano *Roulette*, *Biribissi* e *Bassetta*, trastulli popolari per lo più inventati dai macrò di Campo dei Tartari, che si giocavano in velocità agli angoli dei cortili, nelle caserme, nei caffè, oppure nelle bische attrezzate, o anche in quelle quotate e frequentate dai ceti più elevati.

Vederlo in azione, con le livree strette nella mano sinistra e con la destra meccanica, avvezza a puntare, senza tradire al-

66

cuna emozione sia che vincesse sia che perdesse, ce lo ridava ciclopico alla stregua di quando, salito sul pulpito della Convenzione, decideva la sorte degli speculatori o dei così detti *meneurs*, i provocatori, ergendosi quale ultima difesa della Francia Rivoluzionaria. E proprio in una di queste Case per il Divertimento, nei pressi di place du Carrousel, dopo ore estenuanti di scommesse e di firme in bianco su dei "pagherò", ce la vedemmo brutta e la scampammo per un pelo.

Assieme a tre dame e a un ricco mercante di piumini venuto da Calais, eravamo rimasti gli unici ospiti attorno al deschetto del mazzo. Il *croupier*, magro e sdentato, si dava da fare perché il banco senza sosta tirava e tirava, e ancora molto denaro era in ballo.

A un certo punto Agostino e io, ormai esausti per le troppe suggestioni, ci mettemmo a seguire il gioco stravaccati su delle poltroncine finemente intagliate, e la mescola del sonno, assieme a quella delle carte, in noi trovò dei riferimenti reali solo quando le ronde cittadine, ogni mezz'ora, passavano giù in strada, e lo sbattere dei fucili sulle sciabole dava l'impressione che transitassero delle greggi di capre, o anche una processione di monatti.

Alle quattro di mattina Saint-Just finalmente si alzò. Gli domandai quanto avesse perduto, e lui mi rispose 3.200 livree, una cifra enorme per le sue tasche.

Commentando la serata ci spostammo verso il guardaroba, per ritirare i mantelli, i tricorni e i bastoni.

Nella penombra della saletta – infatti ben poche lampade erano accese – demmo di spalle a un vecchio arazzo scostato dalla parete, in cui si vedevano rappresentati l'assedio di una città, forse Bruxelles oppure Gand, e alcune donne in fuga, in piedi su di un carro.

Come per incanto, da dietro la tela, sbucarono uno, due, tre, quattro, cinque gaglioffi armati di stiletto e pugnale, che subito ci diedero l'assalto.

Per proteggermi la faccia mi beccai un taglio sull'avambraccio, che iniziò a sanguinare. Chi mi aveva assestato il colpo era un negro calvo, in tenuta da marinaio. Repentino lo spinsi indietro e, questa volta senza intoppi, riuscii a estrarre la pistola. Feci fuoco. Lo presi nel collo.

Il proiettile forò la vena giugulare e uscì da dietro, andandosi a conficcare nello zigomo di un altro che arrivava.

Fu un tiro sbalorditivo e fortunato, che durante le mie peripezie mai più ho ripetuto.

Nel contempo, Agostino si stava lavorando un ragazzo giovanissimo, ma forte come un toro, e l'Arcangelo, sfoderata la lama, era riuscito a bucare lo stomaco al quarto, ma aveva il quinto addosso, che gli affondava a più riprese il coltello in un'anca. Quest'ultimo era tozzo e dimostrava di possedere una presa micidiale. Senza ragionare mi precipitai a balzi e, di slancio, anch'io estrassi il pugnale.

Ripensandoci, dopo le tante insicurezze e i vuoti di mente che mi avevano pesato sulle spalle, trovarmi in azione fu del tutto salutare. Ben presto riacquistai audacia e vigore. Dimenticai l'asma. Mi venne voglia di carne e di penetrare, come quando con Geron si correva da un lupanare all'altro.

In breve, strappai di dosso a Louis quel sacco di letame fradicio e gli aprii la gola da parte a parte, intanto che Saint-Just cadeva al suolo, premendosi il fianco.

Invasato e ben contento di scaricarmi, finii anche quello già infilzato.

Una ferocia sublime e smisurata mi espandeva il torace. Un impeto mostruoso. Un urlo di rabbia. Un tuono. Una zanna. Anch'io rincorrevo l'estasi e la liberazione, il paradosso e il clamore, affondando le mani nel ventre dell'avversario – mordendo e sbranando, seviziando e braccando – proprio quando la scure tenebrosa diviene necessità e abbatte il tronco malato.

Con scioltezza, il felino Robespierre bloccò a terra il suo giovinastro, mentre i due a cui avevo sparato giacevano in preda a contrazioni e a spasimi. Il nero stava morendo dissanguato, mentre il liquido rosso schizzava dalla ferita a ritmo con il battito cardiaco, e tremende erano le smorfie sul suo viso, come di chi vede la vita scorrere via, senza poterne arginare la fuoriuscita. Così, decidemmo di accorciargli l'agonia. Invece quello dietro, con tutta la faccia gonfia e livida, al contrario del primo stava crepando soffocato dal sangue che gli riempiva la bocca e le narici; perciò lo girai supino e, premendogli la schiena, lo feci tossire. Quindi, passandogli il rasoio sotto la gola, e tirandolo per le orecchie, gl'intimai: «Dimmi chi ti manda, o finirai come i tuoi amici!». Senza indugiare mi rispose: «È stato Totì. Paga perché vi si uccida». E io, minaccioso: «Ti ha fatto anche il nome di un certo Rouge-Gorge?». «Sì, paga doppio. Rouge-Gorge è considerato un traditore.»

Già le avvisaglie le avevo colte recandomi a Saint-Germain alcune volte, e trovando il confessionale vuoto, assieme allo scrigno del San Sebastiano Martire, ma, stranamente, di fronte all'evidenza dei fatti, non mi creai alcuna preoccupazione, e tantomeno un motivo di sconforto, anzi, alla buonora, ebbi la conferma definitiva, non avendo ucciso l'Arcangelo, di essere stato bollato dall'Occulta Organizzazione e da quei padroni, di modo che avrei potuto, con maggiore chiarezza, rivolgermi a me stesso, per poi affidarmi alla mia vera indole, e agl'impulsi del momento. Senza più remore – mio Presidente – o sensi di colpa.

Ripresici dal parapiglia, consegnammo i due sgherri sopravvissuti ai gendarmi richiamati dal proprietario della bisca, e caricammo su di una portantina Louis per trasportarlo fino all'ospedale di Sainte-Clotilde, quello che, durante il medioevo, era stato del Nobile Ordine dei Cavalieri di Malta, ma che poi, dopo la Bastiglia, era passato alla Comune di Parigi.

Il cerusico di guardia, per fermare l'emorragia, lo fece spogliare e stendere su di una lastra di marmo gelida, quindi, mentre Agostino si stava addormentando appoggiato a un braciere, cominciò a ricucirlo. Le ferite erano profonde, e Saint-Just sopportò a stento la pena.

Durante tutta l'operazione ebbi il suo sguardo puntato addosso, interrogativo e aguzzo come l'ago del chirurgo. Poi, una volta medicato e rimessosi in piedi, mi si parò dinnanzi, serio ed esplicito.

«Gabriel» disse «ti devo la vita, ma proprio perché la vita è breve, sai che da essa voglio il meglio. Per questo frequento i ristoranti più affermati, vesto con distinzione, giaccio con le femmine più attraenti, pratico le case da gioco più esclusive e, in particolare, lotto per il nostro futuro, circondandomi di collaboratori fedeli, pratici e avveduti. Ora, se hai un qualcosa di cui vuoi mettermi al corrente, è giunto il momento di parlare.»

Capii che aveva udito lo scambio fra me e l'uomo di Totì, e intuii che non dovevo più scappare. Era giusto che mi rivelassi sincero e preciso, così da confidargli per intero qual era il mio travaglio, e quali gli errori che avevano caratterizzato la mia vita. Del resto non riuscivo più a resistergli. L'abbagliante sentimento che provavo nei suoi confronti mi disarmava e rabboniva. Egli rappresentava ciò che avrei voluto essere, e la commovente realizzazione di quell'inquietudine spirituale, di quell'accozzaglia emozionale, e di quella caparbia resistenza che rende la giovinezza un crogiolo di progetti e di idee di cui, per futile calcolo, e a causa di una sudditanza intellettuale al potere senile, mi ero a lungo privato.

Fiero e a petto scoperto, il mondo nuovo mi chiedeva un atto di coraggio, e una rivelazione per l'avvenire.

Iniziai a raccontare del decadimento che mi aveva sempre circondato; della graduale perdita di passione che mi ero imposto per poter sopportare l'isolamento, le avversità e il dolore; quindi gli narrai della falsità e del grigiore in cui mi ero rifugiato; del piacere che avevo provato nel violentare gli altri, e nel tramare alle loro spalle, in una condizione apologetica e individuale maturata sui libri di Cartesio, Malebranche, Berkeley, o durante l'appartata solitudine che segnò la mia ferma militare. Quindi, il giro di vite. Il desiderio subdolo e licenzioso di farmi largo e di prevalere. Il privato bisogno e i valori in disfacimento, usati quali pretesti. I mezzi biechi e la dipendenza dal denaro. La negazione della fede. L'ingiunzione a uccidere. Il trasporto provato nei suoi confronti; e la voglia rinata di stupirmi e di cercare delle risposte e degli affetti.

Intanto che parlavo, l'Arcangelo si andò rivestendo, evitando accuratamente di guardarmi, e preferendo un'attenta neutralità, alla partecipazione evidente. Ciò mi aiutò a rigirare il sacco, e a recuperare, in una manciata di minuti, 25 anni di esistenza.

Udita la mia confessione, visibilmente affaticato, ma non disposto a cedere, di nuovo mi si avvicinò e parlò con voce discreta ma ferma.

«Rouge-Gorge» così mi chiamò «o anzi... Conte tal dei tali, ti ho ascoltato con interesse. L'ammissione da te fatta non mi giunge inconsueta; sulla mia scrivania da oltre un mese si vanno ammucchiando lettere anonime dai contenuti che ti riguardano... e ora da te confermati. Non attendevo che una mossa, uno svelamento e, oltre alla misteriosa scomparsa di François Geron... scomparsa di cui ti reputo primo responsabile... questa notte ho avuto un'altra prova della tua vocazione. Non mi ero sbagliato. Ho fatto bene. Ancora sei il Gabriel agitato e amabile che ho avvicinato e di cui ho avuto immediata fiducia.» Poi si accinse a concludere con uno dei suoi "proclami" altisonanti. Uno di quelli studiati per rimanere.

«Negli estremi sta il sale della vita» egli disse «a volte siamo animali e a volte dei, però con te sarò uomo. Un uomo clemente e magnanimo, benché l'indulgenza sia una cattiva consigliera. Non è forse considerata mollezza dagli avversari? Infatti è molto meglio essere odiati che amati. Molto meglio incutere soggezione, che non essere considerati. Ma del legame che ci unisce farò tesoro, perché nel tuo agire, a momenti, ritrovo il mio doppio» e, sottolineando la frase, alzò palesemente il tono «perciò Saint-Just e Rouge-Gorge non tratteranno mai con i loro nemici perché, fin da ora, vogliono ucciderli! Dopo il reddito e la spartizione delle fazioni, assieme livelleremo la bellezza, la creazione e l'intelligenza, così che tutti gli uomini si sentano eguali e compartecipi alla sorte della Nazione.» E di seguito, ancora più acceso e veemente: «Infatti il patriota è unicamente colui che sostiene l'avanguardia in blocco, mentre chi confuta nei particolari è da considerarsi un rinnegato e nient'altro che un ribelle già sconfitto e già morto... e in tale opera tu sarai il mio consigliere, il mio inviato, e il mio interprete. Tu sarai Saint-Just, quando Saint-Just sarà lontano; perché Saint-Just dovrà essere per tutti voi un modello, e il Vangelo Sovrano!». Dichiarato ciò, mi diede la schiena e, congratulatosi con il medico, si ributtò in strada, a lunghi passi, con me e Agostino al traino.

Anche quella giornata era finita, e con essa la mia nobiltà si era involata – o meglio, si era immolata sull'altare della futura imposizione borghese.
    Anche quella giornata – mio Signore – aveva trovato un esito e un compimento, con il sangue quale giuramento, umano e supremo.

MEMORIA XIII

Sul sodalizio fra me e il potere. Sulla morte di Geron. Sulla partenza per il fronte. Quindi sulla salita in pallone; su Rose; e su quella primavera del 1793.

Finalmente, lasciati i tanti equivoci, i vacillamenti, e le ombrosità, ero giunto a possedere un valido referente. Un capo e, nel contempo, un familiare da difendere, da emulare e da incitare. E quando, a volte, un qualche collega, sfiorandomi, mi sussurrava «Gregario!», non curandomi e tirando avanti mi facevo forte perché sicuro di avere come fautore colui che sarebbe diventato il primo cittadino della Francia. Un solido riferimento il quale, alla mia stregua, ambiva salire al gradino più elevato del comando. E che altro sodalizio avrebbe potuto iniziare nel migliore dei modi se non quello scaturito dalla gioventù, dalla chiarezza, e dal combattere fianco a fianco? Inutile dire che in tale nostra coesione esistevano tutti gli elementi per trionfare. Infatti Louis era di certo un predestinato, che non credeva a nulla – se non a se stesso – ma che quando agiva, agiva sempre nel giusto, mentre io – Presidente – ne godevo i vantaggi e gli spazi conquistati, dividendone le strategie e anche le onde mentali, in una simbiosi particolare che ci avrebbe potuto classificare come nati dalla medesima madre, oppure gemini concepiti e partoriti nell'orgia di un sabba, o dalle stigmate di una santa.

Non a caso, una frase fra le tante dimostrazioni della nostra affinità, la trassi dal suo attribuirmi la sparizione di Geron perché – da come poi Saint-Just mi fece intendere – egli stesso avrebbe voluto liquidarlo reputandolo dannoso per la causa... e non si sbagliava nel giudicarlo, così come nel considerarmi responsabile di quella scomparsa. Infatti, assieme a Jean, avevamo anticipato le cattive intenzioni del mio ex camerata sulle banchine del porto fluviale, proprio un qualche giorno avanti, intuendone le trame.

Attiratolo con un pretesto, ma dandogli garanzie per un'alleanza, Geron si era presentato accompagnato da un certo *Anguille*, noto sgherro della malavita e dei monarchici. In accordo, avevamo fissato l'appuntamento in una taverna del molo chiamata "La Cantina del Berlan", dove, su di un bancone di piombo, si vendeva vino allungato con zucchero di barbabietola e acqua di chiavica, mentre la puzza di strame e il nitrito dei cavalli, adibiti al traino delle chiatte, erano così intensi e fastidiosi che sembrava di essere al foro boario, piuttosto che vicino alla darsena delle *marnais* – le imbarcazioni che salivano da Rouen – o fra marinai, scaricatori e trasportatori dalle mani callose e setolate.

Rammento come fosse ora che quella sera la cucina non offrì molto. Prosciutto cotto, arrosto di anatra e salmone della Senna affumicato. E altrettanto scialba fu la conversazione e la proposta di fare due passi per smaltirci i sapori.

Usciti, dovemmo coprirci con la tela incerata, perché la pioggia aveva cominciato a cadere talmente forte che alcuni avventori, un po' sbronzi, dovettero salire in groppa ad altri, per farsi portare fino alle scale che guidavano al sovrastante boulevard.

Noi invece si girava lungo l'argine rialzato, a due per due. Davanti camminavamo io e Geron, con la lanterna accesa, e dietro, a circa 20 metri, venivano Jean e l'*Anguille*.

A un certo punto udii un fragore e poi un tonfo.

Il "pesce" tirapiedi era caduto nell'acqua e, avvinghiato dalla corrente, stava sbattendo contro lo scafo di un barcone. Urlando e sbracciando, egli cercò inutilmente di afferrare una cima, ma il peso dei vestiti e la piena di febbraio lo trascinarono sotto la chiglia, per poi farlo riapparire un poco a valle, e di nuovo sparire nel buio e nel muggito; così da ritrovare i suoi amici nel fondo e nel pantano.

Fu allora che Geron capì l'antifona e, quando Jean si aggiustò la manica strappata della giacca, ebbe la visione e la conferma. Ma ormai era troppo tardi. La mia pistola lo teneva sotto mira.

Spaventato cominciò a raccomandarsi e a narrare della nostra buona amicizia e dei bei tempi andati. Le solite frasi banali che i condannati e i pavidi sciorinano in questi casi. Ma dopo un qualche giro a vuoto di parole, dovette ammettere che anch'egli lavorava per De Batz, e che il suo compito era di preparare la strada agli esecutori materiali; a coloro che prima o poi ci avrebbero dovuto sparare.

Senza esitare, dal mio cocchiere gli feci legare ben stretto i polsi dietro la schiena, quindi gli fissai alle caviglie una corda robusta e, passatamela attorno ai fianchi, mentre gridava come un maiale, lo spinsi nel fiume, a testa in basso, con gli abiti che inzuppati divennero pesanti dei quintali. Ma in quel modo non potei divertirmi più di tanto. Infatti, dalla riva alta, sbucarono le fiaccole della ronda urbana, la quale, visto il raggio della nostra lanterna, c'intimò l'altolà e il fermi o sparo.

Con un calcio e una traiettoria a parabola spedii il fanale in mezzo all'acqua, poi, lasciato François al suo destino, e schivando i colpi dei gendarmi, trovai scampo sotto una vicina catasta di botti.

In quella bolgia l'unica consolazione fu che, beffa o goduria, Geron alla taverna aveva saldato il conto per tutti, precisando che noi avremmo dovuto offrire la volta dopo.

Come premio, il 9 marzo 1793, dopo l'insurrezione hebertista, Saint-Just mi invitò, o meglio, mi obbligò ad accompagnarlo in missione presso l'armata del Nord.

Anche se non d'accordo, stetti zitto e, preparata la sacca, affidata Étienne alla vecchietta dell'ultimo piano, salii in carrozza.

Per quanto mi ricordo i rapporti che intercorsero fra Louis e l'esercito non furono mai dei migliori, anche se egli predicava la guerra totale e reputava la forza militare una componente essenziale e primaria per mantenere un regime costantemente repubblicano e rivoluzionario, al punto che amava teorizzare: «Se un popolo si fa governare con la milizia, l'ha certo meritato. È con la baionetta che si reprimono quelle discussioni improduttive provocate dalla fragilità di carattere che costituisce il più grande ostacolo alla libertà e all'espansione innovativa». Comunque, malgrado il suo attaccamento al contingente bellico, non andava certo d'accordo con i massimi graduati e con quei ministri e ministeri che dovevano seguire i vettovagliamenti, la truppa, e l'andamento generale della guerra; al punto di impegnarsi notte e giorno al fine di riformarli, o per farli dimettere dall'incarico.

Partiti in direzione del confine belga, gli abitati e le regioni che attraversammo ci riservarono spettacoli e scene deplorevoli. Da mesi non uscivo da Parigi, ma in quel breve periodo le condizioni già tragiche in cui versavano le province si erano ulteriormente aggravate, divenendo insostenibili e andando a indebolire l'intero assetto governativo nazionale col rischio che piccoli conflitti locali esplodessero qua e là come fuochi fatui su di un letamaio. Già le città di Marsiglia, Tolone, Lione, Perpignano, Bordeaux, Quiberon, Dole, Nantes, Angers, e la mia La Roche, capoluogo del Sacro Cuore e della Vandea, si erano ribellate alla capitale e ovunque la repressione si stava dimostrando dura, quale reazione all'ostinata opposizione che incontrava.

Dai finestrini della nostra berlina a sei cavalli, scortata da un plotone di corazzieri messi a disposizione dalla Convenzione, ne vedemmo quindi di cotte e di crude. A volte, in questa o quella piazza, ci fermavamo anche solo per qualche ora, di modo che Saint-Just, arrampicatosi sul tetto della vettura, potesse arringare la folla, rincuorare i volontari laceri e malnutriti e assicurare che la giustizia avrebbe colpito senza pietà chi stava tentando di mettere la Nazione all'incanto, o chi abusava del potere conferitogli, profanando l'onestà con la vanità. Ma, nonostante l'impegno dimostrato dai molti patrioti che battevano le campagne per incitare alla fedeltà e all'arruolamento, i contadini non sentivano il richiamo dell'ideale, e preferivano rintanarsi nelle loro sudice capanne, nei fienili, o nelle cascine dai muri di argilla e paglia; così come si opponevano alle requisizioni improvvise e arbitrarie, o anche imbracciavano spingarde e fucili da caccia, per sparare contro i gendarmi, perché terrorizzati dai baffuti sanculotti – quelli del "Popolo Sovrano" – i quali, venuti dalle città, entravano nei villaggi isolati urlando «Cristo è un sifilitico!» e «Maria è una cagna!» per depredare e offendere la Chiesa cattolica o protestante, e l'aristocratico o il padrone di campagna; bevendo nei calici sacri e bruciando sui falò le 12 Stazioni della Via Crucis; oppure vestendo asini e porci con mitre e paramenti ecclesiastici; sventrando e tagliando le orecchie a tutti coloro che protestavano, o non portavano la coccarda tricolore; e quindi seviziando e castrando chi non si prostrava al culto della Patria e della Dea Ragione...

Giunti a dieci miglia dalla linea del fuoco, ponemmo il nostro quartier generale nella locanda "La Cicogna" di Fourmies, dove il sindaco e la giunta ci diedero il benvenuto.

Non appena si sparse la voce che un importante Convenzionale si era stabilito nella cittadina, molti abitanti si precipitarono sotto le nostre finestre, per implorare una scarcerazione o richiedere un aiuto immediato – in quella zona non vi era famiglia che non avesse almeno un caduto in battaglia – e anche molte furono le giovinette che vennero a curiosare, perché attratte dal mito che si era creato attorno alla bellezza e all'intelligenza dell'Arcangelo.

Benché ambedue raffreddati e febbricitanti, nei giorni che seguirono il nostro arrivo sui fronti dell'Aisne e delle Ardenne, ci demmo oltremodo da fare. Visitammo trincee e accampamenti, passammo in rivista alcuni reggimenti e cinque caserme, e un mattino particolarmente sereno e calmo – con mia somma apprensione – partecipammo, quali passeggeri di riguardo, all'ascensione di una mongolfiera. Un grande pallone di seta a spicchi arancioni, verdi e gialli, adibito all'osservazione e alle segnalazioni.
Dall'altezza di 170 metri, sospesi in un canestro di vimini intrecciati, potemmo scrutare gli schieramenti in campo, le colline da dove sparavano le artiglierie avversarie, e gli spostamenti della cavalleria austro-prussiana.
L'emozione fu intensa e inenarrabile.
Anche Louis, per un attimo, si spogliò dei panni saccenti e distaccati dell'*enfant cruel*, per lasciarsi andare a moti goliardici e ad acclamazioni di vittoria. E ancor di più, a terra, lo vidi entusiasta e fanatico quando, sprezzante del pericolo e sotto una gragnola di palle fischianti, guidò una carica furibonda alla testa di un gruppo di poveri disgraziati. Oppure quando ci mostrarono le bandiere e i gagliardetti tolti al nemico nel corso delle scaramucce che avevano anticipato lo scontro di Valmy; o quelli catturati in altre battaglie.

Durante detto periodo, come rovescio della medaglia, dovemmo anche visitare i martiri e i feriti ricoverati nelle tante infermerie – dislocate un po' ovunque e là dove capitava – in cui, nostro malgrado, numerose furono le testimonianze della lotta e del dolore che, diligenti, raccogliemmo per poi riportarle nella capitale. Ulcerazioni, arti amputati e, in particolare, nasi schiacciati o mozzati da schegge, colpi di sciabola, o solo dall'urto e dalla rabbia. In tutti quei luoghi stagnava, ammorbando l'aria, un intenso odore di laudano e limone, frammisto al lezzo dolciastro che si espande dalla carne in putrefazione, o al profumo insipido e paziente che emana il sangue. Causa quello strazio – o per la brina e le raffiche di vento gelido, oppure per l'imbarazzo fisico dovuto alla costipazione polmonare – vomitai un'intera giornata, e così fece Louis, mentre la diarrea, che da tempo stava falciando la bassa truppa, ci tolse le gambe da sotto, al punto che dovemmo concederci una sosta e metterci a letto, nutrendoci con polpa di mela grattata, riso bollito, pane e sale. Il Comando di Piazza ci aveva assegnato come assistenti un Capitano e due Tenenti, i quali fungevano da accompagnatori, un Sergente scrivano, per gli eventuali rapporti, e una vivandiera di nome Rose, castana e graziosa, addetta al vitto e ai conforti corporali. E appunto Rose ci tornò utile, soprattutto durante quella breve degenza da malati, preparandoci tisane rinfrescanti, servendoci i pasti in camera o, amorosa e prodiga, scaldandoci con la sua pelle chiara. Pelle di latte, seno burroso e, come si suol dire, "vagina gonfia". Non a caso, sebbene nubile, era gravida di 7 mesi. Era gravida e piacevole da toccarsi. Così che, proprio una sera che assieme a lei ci stavamo trastullando sotto le coperte, ricordo come Louis, improvvisamente rapito – e ancora mi domando quale fu il motivo scatenante – mi disse: «Non devi seguire alcun altro se non te stesso, e mai devi invocare o supplicare il mondo, ma, senza il permesso di alcuno, devi afferrare e portare via. Oggi ognuno pensa per sé, e anche tu, mentalmente e intellettualmente, devi rapinare e non curarti dell'eventuale danno arrecato, come del resto fa la donna in amore che, sebbene ladra, è pur sempre assolta quale ipotetica madre e conservatrice della vita futura. Infatti, ogni posizione ideologica per gente come noi poteva a suo tempo essere trampolino di partenza. I concetti legati al sociale, le trasformazioni, le rivendicazioni, o le gesta scaturite da essi, non sono stati che pretesti. Abbracci la combinazione e il calcolo, l'avventura e la creazione, essenzialmente per divenire individualmente; non certo curandoti della globalità. Se dietro a ciò che reputi il tuo beneficio, seguirà anche il benessere generale, meglio ancora, meglio così, oltre a essere per te, diventerai anche un esempio per gli altri. Perché oggi, Gabriel, è importante divenire la chiave che spalanca tutte le porte. La verità della verità. Il motivo originario della ricerca; quando la ricerca è l'unica attività meritoria e certa».

Ristabilitici e congedata la tonda Rose che, candida, ci regalò, come poi avemmo modo di scoprire, una pestilenziale gonorrea, riprendemmo la nostra ricognizione denunciando la corruzione dilagante che regnava soprattutto nei magazzini viveri, e fra i responsabili delle salmerie, nonché gl'inutili sprechi, e la demoralizzazione che aleggiava ovunque, nonostante l'accanimento e la dedizione di alcuni bravi Commissari Politici.

Tornati a Parigi il 31 di marzo, Saint-Just si precipitò alla Convenzione e, per ben due giorni, accusò e attaccò il Ministro della Guerra Bernouville, e tutti quei membri del governo che reputò essere i fautori di quello sfascio e di quella miseria; suggerendo provvedimenti drastici e supplizi capitali, del resto subito accolti e attuati; infatti, a seguito del tradimento del Generale Dumouriez – passato vigliaccamente al nemico – a fianco del Tribunale Rivoluzionario si venne a creare un Comitato di Salute Pubblica, con poteri quasi assoluti.

I giacobini iniziarono in tal modo a spingere perché sempre più si facesse chiarezza e pulizia e, sostenuti dalla Comune e dalle Sezioni della Capitale, chiesero l'arresto di oltre venti deputati fra cui molti girondini.

La reazione di questi ultimi, e dei restanti moderati, fu rumorosa e immediata. Lo stesso Marat, per "Istigazione alla strage", venne inviato dalla Convenzione davanti al Tribunale Rivoluzionario uscendone poi assolto e quindi accolto in Parlamento con tutti gli onori che gli spettavano.

Con il decreto riguardante il "maximum decrescente" sul prezzo del grano, il 30 maggio 1793 scoppiarono altri tumulti sia all'interno dell'Assemblea, sia nel resto della città.

Per la ferma posizione assunta, Louis venne nominato membro aggiunto del Comitato di Salute Pubblica, e segretario della Commissione per la Difesa; anche per dargli modo di studiare un nuovo progetto di Costituzione Nazionale e di Regolamento Militare.

Ma quella contestazione non si limitò a scompaginare ulteriormente la Convenzione e il centro di Parigi. Ben presto dilagò fino ai sobborghi, là dove abitavano i più feroci sovversivi. Quelli che poi seguirono Babeuf nei suoi moti comunisti e libertari. Al che le truppe del municipale Hanriot circondarono il Parlamento e l'obbligarono a decretare l'arresto dei tiepidi girondini. Ciò avvenne il 2 giugno, una mattina che passerà alla storia anche perché in cielo apparve uno strano simbolo disegnato dalle nubi: una freccia lunghissima che trafiggeva una mano enorme. E detta figura concentrò su di sé lo sguardo di quasi tutti i parigini, e pure delle canzoni furono composte, ispirate da quell'insolito fenomeno di natura.

Forse spinto da tale miraggio, o perché insoddisfatto dei successi ottenuti, il nostro Arcangelo volle ancora di più e, ben presto, venne accontentato. A nome del Comitato lesse davanti ai deputati un rapporto da lui rimaneggiato contro i girondini. Un vero e proprio capo d'accusa che li portò difilato alla ghigliottina. Poi, insaziabile, si fece eleggere membro effettivo di detto collegio e, noncurante e direi senza scrupoli, con la complicità di Maximilien Robespierre, fece escludere Danton dal medesimo organismo politico, di modo che, in breve e a voce di popolo, lui e l'Incorruttibile divennero i due soli padroni della Francia... e di quel regime.

MEMORIA XIV

*L'invasione degli uccelli. Il nido d'amore. La bocca e le sue
narrazioni. Ovunque e dovunque Saint-Just. I mille salotti cul-
turali. Le piacevoli scorribande. Il sicario italiano. L'incendio e
il trasloco.*

La primavera e l'estate del 1793, oltre alla siccità, portarono
anche branchi e branchi di cornacchie e colombi che presero
a stazionare sui tetti e nei giardini di Parigi. Ovunque ritrovavi
gli escrementi e le piume di quegli animali schifosi, ma grande
fu la felicità dei cittadini i quali, con ogni tipo di fionda o lac-
cio e, soprattutto, con trappole macchinose o con vecchi metodi rudimentali, davano la caccia ai volatili, così da arricchire
le magre tavolate.

A fianco degli anziani che, assieme alle esecuzioni, avevano
trovato un altro piacevole passatempo, anche le donne e i bambini si industriavano a menare di scopa o di badile, e a chiudere
di scatto i vetri quando il piccione, o il corvo, attratto dalle briciole di pane, entrava nella stanza. E in tale maniera si passavano intere giornate, con un occhio alla finestra e l'altro alla calza
da rammendare, ai burattini di cartapesta, o alla bambola di
stoffa con la faccia pitturata.

In quelle poche ore che concedevo al riposo, e in cui non stavo
alle costole di Saint-Just, anch'io mi barricavo nell'appartamento di rue du Bouloi, deliziandomi con Étienne, oppure architet-
tando inganni o truffe. E anche se non avevo mai creduto nell'a-
more, nella fiamma perenne, e nell'eterna dedizione o, almeno,
in tale caramellosa smanceria descritta sui libri e salmodiata
nelle poesie dei trovatori – reputando quello stato frutto della
convenienza, della consuetudine, dell'attrazione sessuale, del-
l'infatuazione, della noia, dell'avidità di possesso, o della necessità di avere un oggetto su cui proiettare le proprie inclinazioni
e i propri interessi – anche se non credevo nell'amore, quando

vedevo lo splendido ermafrodito ricamare, disegnare, sistemare i fiori nei vasi, giocare con il gatto, oppure quando ella mi declamava con trasporto quei passi letterari dove il fuoco e la passione venivano serviti quali misteriosi intingoli o afrodisiache leccornie, mi piaceva abbandonarmi all'irrazionale e farmi cullare dalla delicatezza dei gesti, e dal flusso melodioso di quei suoni, che lesti mi conducevano a considerare l'amore e la prostrazione unicamente emanati da quell'inturgidirsi e da quell'ammorbidirsi, da quell'umettarsi e da quel seccarsi di labbra, prodotto dall'enfasi riversata da Étienne nella parola e nella lettura. Così mi trovavo a fissarle gli occhi, il naso, le mani, e in particolare la bocca, e a considerarla quale cavità dove giaceva l'essenza più celata della voluttà. Quale tabernacolo dove alloggiava la divinità scattante e languida che adoravo. Quale salsiera dai cento ingredienti e dai mille sapori distinguibili, ma, nell'insieme, magistralmente amalgamati e tinti, che avrebbe insaporito il vuoto e l'aridità del più triste anacoreta. Al punto di scoprirmi sempre più facile al turbamento, e in preda a divagazioni sentimentali ed estreme quali la paternità, la continuazione del proprio nome, l'eternazione del carattere e, per dirla con Lavater, la conservazione della specie.

Non a caso – pronto a rispondere agli indovinelli che la natura a ognuno riserva – avevo delegato Saint-Just a decidere anche per me. Lo avevo eletto e con fiducia innalzato a mio cervello, quindi non mi restava che vivere ciò che egli non poteva o aggirava. Vivere l'istinto, l'infimo e il particolare; lasciando a lui la matematica e la conoscenza formale, la lucidità, la freddezza, il supremo e l'altare. Proprio a Louis, al sommo Louis, che mai accordava una pausa alla ragione, e che, da genio, era riuscito a fare dell'amore o ginnastica o spazzatura.

E solo Étienne – ricettiva – capì dove stavo andando a pescare le soluzioni al mio timore...

Il paese delle qualità invisibili mi aspettava.

Ero infatti deciso a lasciare il continente della falsa coscienza per l'oceano della dimenticanza e dell'oblio. Potevo permettermelo, avevo chi provvedeva e consentiva. E come me stesso a me stesso, pure il giovane ermafrodito si concedeva maggiormente. Le nostre carezze stavano diventando sempre più intime ed esclusive, anche se mai si giungeva alla penetrazione o al massimo piacere. Nonostante ciò, la soddisfazione fluiva intensa e docile; e ambedue non si tardava a godere e a compiacersene.

Ciò che tratteneva Étienne dal darsi per intero era, guarda caso, l'euforia che provava per Louis. L'ammirazione e la luminosa, o forse oscura attrazione generata dal potere. Dal potere in crescita. Quello non consolidato, ma ancora in divenire; perciò fresco e guizzante, non stantio e vincolato da una insopportabile gerontocrazia.

Così, mentre l'ermafrodito faceva il bagno, io l'ammiravo seduto su di una sdraia... con "il dominio e la signoria" che divenivano i nostri argomenti preferiti. E anche quando si asciugava la schiena, le gambe e i capelli, Saint-Just aleggiava sul telo e sulla spazzola di ebano... o quando si ungeva il seno e il ventre, egli era nella vischiosità del balsamo e nella sua fragranza... oppure quando indossava il bustino, le calze e le giarrettiere, Louis viveva nella curva delle anche e nei sottili nastri di edera. E mai si principiava a toccarci se prima non avevamo parlato dell'Arcangelo e del suo credito. Mai ci si abbandonava spossati, se anche la sua presenza non era vicina, e fra noi evidente; e io accettavo – mio Presidente – accettavo incondizionatamente quel fragile peso. Io accettavo – mio Signore – per amore del contagio e della differenza.

In quel dolce periodo, oltre a goderci le comodità della casa, spesso eravamo invitati anche nei salotti artistici della capitale; e ciò serviva a distendere gli animi.

Di solito andavamo in quello della borghese Madame Carol, in rue Vivienne, la così detta via degli argentieri, e là incontravamo personaggi come i pittori François Gérard e Antoine-Jean Gros, allievi prediletti del David, oppure l'ormai anziano Restif de la Bretonne, o il primitivista Bernardin de Saint-Pierre.

A dette seratine Rouge-Gorge lo si invitava non certo per le sue doti intellettuali, ma innanzitutto perché protettore del famoso ermafrodito della Marchesa di Amiens, e quale accompagnatore ufficiale di Saint-Just, nonché Guardia al Servizio Permanente del Comitato di Salute Pubblica a 300 livree al mese – ruolo che Louis mi aveva fatto ottenere alquanto facilmente.

Ogni volta, in quelle camere discrete e accoglienti, Étienne intratteneva i presenti con il canto e la musica dell'arpa, o recitando alcuni brani scabrosi del *Pantagruel* di Rabelais, o le summe cortesi del *Roman de la Rose* di Guillaume de Lorris.

A uno di questi incontri ebbi il piacere di ascoltare le singolari dissertazioni del drammaturgo Baculard d'Arnaud, riguardo al romanzo e alla maniera d'intendere la narrazione. Infatti, per raccontare, egli sosteneva che era meglio soffermarsi sui dettagli storici, e sugli aneddoti più bizzarri – e tracciare il senso e la morale tramite questi – più che spingere la penna sui grandi concetti o sulle disquisizioni filosofiche e morali, perché, pur sempre, tali questioni erano state affrontate dai classici, e quindi si rischiava di scrivere un già detto o un già analizzato in precedenza.

Un altro svago a cui ci dedicavamo con interesse era l'andare per antiquari, librai e rigattieri a far di compere. Étienne, da brava gazza, impazziva per i soprammobili di bronzo, per i vasi di Limoges, e per i servizi da tavola decorati con ghigliottine o bandiere tricolori e, quale falena, per i vetri di Avignone e di Nîmes; oppure collezionava gli anelli e i bottoni contrassegnati con i fregi rivoluzionari, o anche le medaglie commemorative del 14 di luglio. Addirittura, un pomeriggio, mi portò fino in rue des Fossés-Saint-Bernard, dove un certo Palloy, noto contrabbandiere, vendeva pietre recuperate dalle macerie della Bastiglia, e piante di cuoio impresse a fuoco che volevano raffigurare i sotterranei della fortezza.

In quelle botteghe si poteva trovare di tutto. Infatti la maggior parte degli articoli in vendita proveniva dal saccheggio dei palazzi nobiliari, confiscati dallo Stato, o dai furti – più o meno veri o concordati – concepiti ai danni del Vaticano. E lo stesso Saint-Just frequentava detti luoghi, avendo un debole per le reliquie sacre ed ecclesiastiche. In particolare per i cuori dorati e argentati degli ex voto, o per le "mani guantate" e per le "braccia con scettro" corredate dalle falangi e dalle tibie dei beati. E pure io, nel negozio di Montauban, vicino agli Invalides, mi feci un regalo. Acquistai un quadernetto disegnato dal fiorentino Giovambattista Naldini – come la dicitura a inchiostro riportava – le cui pagine erano timbrate a retro con lo stemma del Duca d'Orléans.

Anche il mercato degli uccelli e degli animali esotici rientrava fra le nostre mete più ricercate.

Di mese in mese le bestie esposte calavano di numero, causa il blocco navale e la fame che aumentava, ma comunque l'assortimento era sempre vasto.

Étienne volle a tutti i costi comprare un *capibara*, un enorme sorcio sudamericano, che dovemmo chiudere in un sacco di maglia per non farci graffiare, e anche un *turaco* della Guayana, con trespolo e ciotola per l'acqua. In effetti, a lei non riuscivo a rifiutare alcunché, e continuavo a coccolarla e a viziarla, perché al di sopra delle parti. A volte mi ingegnai anche a rubare, pur di accontentarla. Con un fazzoletto sulla faccia, assieme al fido Jean e al suo amico Jourdain, già sellaio di corte, verso le otto di sera di un giorno qualunque m'introdussi nell'appartamento del banchiere Boyd – ostentatamente giacobino, ma, in verità, agente di De Batz – il quale, visti i suoi figli penzolare fuori dalla finestra, ci spalancò i forzieri e la ribaltina; quindi, trascinatolo per i capelli fino alla villa del suo collega Kerr, altrettanto ricco e bugiardo, da quello ci facemmo aprire la porta – non senza aver dovuto uccidere un famiglio zelante e un alano troppo invadente – per poi svuotargli tutte le casse dall'oro e dai quattrini. Quel colpo ci fruttò 5.000 livree in contanti e 7.000 in assegnati, di cui la metà vennero a me, e i restanti andarono divisi fra... me e Jean, visto che il buon amico Jourdain cadde per disgrazia in una fogna, con la testa spaccata da una tegola precipitata chissà da dove!

Ma il limbo paradisiaco che circondava e isolava rue du Bouloi si andò ben presto a disgregare.

L'Occulta Organizzazione aveva deciso la mia eliminazione, e gli eventi che ora andrò a raccontarVi ne sono la ovvia conseguenza e perpetrazione.

La notte fra il 12 e il 13 luglio 1793 – la notte che precedette l'attentato della monarchica e invasata Carlotta Corday ai danni del cittadino Marat – tornati a casa verso le undici e mezzo da una delle nostre solite passeggiate divertenti – penso avessimo fatto visita ai fratelli Robespierre che allora abitavano presso il mobiliere Duplay – tornati a casa, come dicevo, scoppiò la tragedia.

Non avevo ancora deposto il cappello e il bastone nell'ombrelliera, che un paio di scalmanati mi furono addosso. Addirittura uno dei due, il più basso, con la cuffia di garza bianca in testa e il fazzoletto di lino rosso e blu attorno al collo, si era travestito da donna per fingere che fossero una coppia.

La lotta divenne subito tremenda.

Le sedie di mogano e i cuscini di seta nepalese volarono per le stanze; assieme ai bicchieri e alle tazze di ceramica.

Ci tirammo le maioliche e le posate. Usammo la paletta, l'attizzatoio e gli alari come armi.

Rovesciammo i tavoli e i mobili; quindi ribaltammo i candelabri e le lucerne, che appiccarono il fuoco alle tende del letto e delle finestre.

In un attimo di respiro impugnai la pistola, ma il colpo finì per aria. Quello dei due non camuffato, bensì coperto in faccia da una strana maschera a becco di pappagallo, mi aveva alzato il braccio fino a staccarmelo.

Riprendemmo così a darcele come matti.

Balenarono i coltelli.

Scivolai.

Mi alzai.

Caddi e mi trascinai.

Mi salvò Étienne dalla pugnalata fatale, gettandosi fra le gambe del ribaldo.

Giù dalle mensole precipitarono casseruole, zuppiere, zuccheriere e vassoi di stagno.

Io pugnavo, calciavo, spintonavo, sputavo e sacramentavo.

Ancora ci inseguimmo per le camere.

Ad un certo punto afferrai una padella colma di strutto vischioso e nero – usata per la frittura dei gamberi – e la sbattei in viso alla mondana.

Étienne riuscì a piantare una forchetta nel polpaccio del compare, ma si beccò di rimando una pedata che la sbatté sotto al secchiaio.

Anche il violino della mia bella amica ci prese di mezzo. La mia schiena lo ridusse in un fascio di stecchi.

Io avevo un occhio ammaccato, da cui non riuscivo più a vedere, mi colava sangue da un orecchio, e lo stomaco e il fegato erano pesti.

Credetti che fosse giunta la mia ora, e perciò mi preparai al peggio.

Con le ultime forze abbrancai il tipo in sottana e, beccandomi l'immancabile coltellata al braccio, lo scaraventai verso una vetrata. Come toccò il velo in fiamme, la stoffa del vestito intrisa di grasso iniziò a fumare, poi a bruciare, così che egli sparì come per incanto in una vampata.

Sbattendo ovunque e propagando il fuoco per la casa, giacque riverso, abbracciando il tavolo da pranzo.

Il complice, frastornato e di nuovo stuzzicato da Étienne che, come una zanzara, lo teneva sotto pressione con lo spiedo e un candeliere, gettata la mascheratura preferì darsela a gambe, non senza aver gridato alcune parole incomprensibili in italiano.

Afferrati i soldi dal vano dove li custodivo, incitata la mia a-
mante a uscire, tentai di domare l'incendio, ma le travi e il mobilio, secchi per la stagione, erano già presi e lì lì per scoppiare.

Non potei che desistere e fuggire in strada.

Solo una decina furono i vicini che solerti vennero ad aiutar-
ci. Gli altri, come al solito, preferirono rimanere barricati ad a-
spettare.

Da uno degli abbaini spuntò anche la vecchia dell'ultimo piano. Sembrava una cometa di Natale. Nel trambusto ce l'eravamo
mo dimenticata.

Spinto da Étienne provai a entrare per salvarla, ma il rogo
s'innalzava alto e indomabile.

Non ci restò che assistere impotenti alla silenziosa planata; e
quindi al mortale schianto sul selciato. Solo dopo un'ora giunse
un carro cisterna al piccolo trotto. Chi lo portava erano i gendarmi addetti allo spegnimento degl'incendi. Un ragazzo era
corso a chiamarli rischiando una fucilata; ma la caserma stava
fuori Porte Saint-Denis, così che tardarono a venire, anche perché non avevano certo fretta d'impegnarsi. Assieme a quei pochi volontari formammo una catena e ci demmo da fare tutta la
notte, perché il fuoco non si estendesse ai palazzi circostanti.

Alle dieci del mattino l'appartamento di De Batz giaceva al
suolo, coperto da una catasta di legni affumicati, di mattoni
screpolati, e ovviamente di cenere.

La gravità terrestre aveva chiuso il cerchio.

Ciò che gli uomini edificano, la natura prima o poi manda in
rovina, destinandolo alla memoria, ma non ai posteri.

Perciò mi attaccai a una bottiglia che girava. Era anice. Bevvi e bevvi più sorsi – mio Presidente – bevvi perché la gola mi
bruciava. Mi trovai sporco di fuliggine come uno spazzacami-
no e, nell'intimo, mi dispiaceva di aver perduto quel privilegio
e quella tana.

Ci erano rimasti solo i vestiti che avevamo indosso la sera a-
vanti – sgualciti e strappati che sembravamo dei gitani – tutto il resto era bruciato, compresi l'argenteria e gli animali.

In attesa di un qualcosa di meglio, decisi di sistemarmi al-
l'Hôtel des États-Unis dove risiedeva anche Louis. Abbracciai
Étienne scossa e avvilita, quindi mi avviai con la giacca sulla
spalla.

Giunti al boulevard incontrammo un gruppo di sanculotti che
correvano scalmanati, e altri, alla spicciolata, che a gran voce
urlavano suonando il corno e battendo le mani.

«All'erta, cittadini. All'erta» gridavano «hanno ucciso l'Amico del Popolo. Hanno pugnalato Marat! All'erta. Prendete le armi!»

Avanti duecento metri, sul muro chiaro di una scuola, campeggiava un fiore stilizzato, un giglio aperto dei monarchici, disegnato col carbone e con lo zolfo; e, sotto, una scritta a lettere veloci e distaccate. Uno sfregio. Un insulto. Una imprecazione da birocciai...

"*Pissat!*"... diceva... "Urina e sterco!"... "Vi pisceremo in culo, aristocratici!"

MEMORIA XV

Sulle tracce di Karolyi. Sulle tante galere di Francia. Sul come avvicinai quel filibustiere. Sulla sua brutta faccia. Sull'interrogatorio; sulla pugnalata; e sul come mi feci estrarre un dente molare da un organista sfaccendato.

In procinto di partire per una seconda spedizione al fronte – questa volta scortato dall'amico Le Bas – Saint-Just mi affidò un incarico di estrema segretezza e importanza. Dovevo eliminare, sfruttando ogni mezzo, il cordigliere Karolyi, intimo di Danton e già arrestato per corruzione e tangenti, custodito in carcere, ma mai processato, perché protetto da altri Convenzionali implicati come lui in detti traffici.

Per chiarezza, bisogna aggiungere che Louis aveva un contenzioso aperto con quell'imbroglione venuto dall'Ungheria, e solo da qualche anno naturalizzato francese. In effetti, a più riprese, si erano beccati durante le sedute alla Convenzione; e Karolyi, avvezzo all'insulto e non facile da ammansire, molte volte aveva offeso l'Arcangelo con sfida e senza rivelare benché minima preoccupazione.

Del resto, quale contropartita, lo stesso Arcangelo – per chi ancora non lo avesse inteso – non era spaccone da meno; o temperamento da lasciar correre o da soprassedere.

In vero, considerate le gravi premesse, quell'affare si stava rivelando come uno dei più difficili della mia carriera. Infatti, per trovare la vittima e l'occasione, impiegai molti giorni e dovetti attraversare migliaia di rifiuti e di cancelli chiusi, perché, per mia sfortuna, il depistaggio e l'omertà furono i motivi conduttori di quella caccia, e di tale sforzo inquirente e inquisitore.

Dall'indagine che svolsi, ben presto risultò che quasi tutti non ricordavano o non volevano ricordare detta questione; e che nessuno aveva più visto Karolyi da quando le guardie, poco prima dell'estate, lo erano andate a prelevare dalla Suite degli Ambasciatori, all'interno del costoso Hôtel des Nations, per poi, di nascosto, accompagnarlo chissà dove. Dovetti perciò giungere alla conclusione che la sola possibilità d'incontrare quel farabolone mi veniva dal visitare tutte le prigioni della capitale – sempre se l'ungherese non era tenuto sotto sorveglianza in istituti del circondario, o in uno di quegli appartamenti che la polizia usava nei casi maggiormente delicati.

Malgrado ciò, decisi di seguire la prima pista e, armatomi di pazienza, cominciai a peregrinare di carcere in carcere, là dove i gendarmi erano più sensibili ai complimenti e agli assegnati.

Mi recai al Luxembourg, alle Madelonnettes, al Saint-Lazare, al Port-Libre, al Plessis, al Tempio, alla Sainte-Pélagie, all'Abbazia, poi in quelli dell'Unità, di Saint-Germain e dei Carmelitani, e in tanti altri stipati all'inverosimile, direi tantissimi, che mai li avevo contati, ma tutti "città nella città", regolati da ferree leggi non scritte, che di galera in galera mutavano, prendendo il carattere dei responsabili di turno – per la maggior parte salumai, trippai, venditori di limonate assurti al titolo di direttori carcerari – oppure che si adattavano alle disponibilità finanziarie dei detenuti presenti, o ai climi politici esterni, che di mese in mese, vicendevolmente scalzandosi, andavano a dominare.

In quella confusione esistevano però elementi comuni ritrovabili in ogni prigione o in ogni collegio penale; e direi degli aspetti – naturalmente deteriori – riscopribili ovunque, e ovunque applicati. Fra questi, l'assoluta mancanza d'igiene, la promiscuità, le continue risse, la presenza di oggetti quali rasoi, coltelli e spilloni in possesso ai prigionieri, la carenza di ordine burocratico, la gerarchia del "gabbio", il dispotismo delle guardie, e il potere divino che si attribuiva all'oro e al denaro... quasi come adesso, anche se in ben altre circostanze. Trovavi perciò nobili che, dando fondo alle loro ultime risorse, riuscivano a campare decorosamente – sempre se per decoro si possono intendere lussi quali la detenzione in un'ala adibita ai cittadini più agiati, la visita periodica del medico, una cella personale con stufa di latta, un catino di gres, una lucerna, una brocca piena d'acqua potabile, una sedia impagliata, tre libri a scelta, e un pagliericcio rosicchiato a due piazze – oppure grassi borghesi, epurati perché moderati o non fedeli ai principi della Rivoluzione, che si permettevano i servigi della parrucchiera e del barbiere, o, addirittura, che avevano un secondino al loro servizio, pagato per difenderli e per procurargli il vino e il cibo, acquistati nei ristoranti all'esterno.

Perciò senza negarlo – e come di sicuro avrete già inteso – in quel mese di ricerca mi si presentarono scene a dir poco inimmaginabili. Ad esempio al Saint-Lazare, mentre stavo parlando con il portiere, giunse una carretta piena di sospetti ammassati e legati con funi e manette. Fatti scendere a calci e a spintoni, e già intontiti dalle percosse subite per mano dei popolani incontrati durante il tragitto fino alla prigione, tutti gl'imputati, donne e fanciulli compresi, furono personalmente sottoposti al *rapiotage*, alla requisizione, e quindi perquisiti da un Maresciallo Ordinario che alternava ceffoni a lubrici toccamenti, assegnando il posto e le celle in base a come i prigionieri avevano reagito alle sue attenzioni.

Un'altra volta, nel cortile per l'aria dell'Abbazia, mi capitò di assistere a un litigio – poi degenerato in mischia furibonda – tra delinquenti comuni detti "mangiatori d'insetti", perché verminosi e puzzolenti, e giovani aristocratici ancora boriosi e indomati, mentre i gendarmi, dai camminatoi e dalle garitte, si divertivano urlandosi battute e lazzi. Al termine furono circa 12 i feriti e quattro i morti, sfuggiti per consolazione alla ghigliottina.

Quale rovescio della medaglia, nel "Salone" del Port-Libre, una grande stanza con camino adibita a luogo d'incontro e lettura per nobili e facoltosi, assistetti a convenevoli degni della Corte del Re Sole. In quel tardo pomeriggio, davanti ai più bei nomi di Francia, si esibirono il poeta Vigée, l'attore Coittant, e alcuni musicisti ingaggiati dal Barone Wirbach.

Perfino l'amore carnale era consentito... anzi, oserei dire che primeggiava fra i sollazzi da galera. In effetti molti erano i bambini concepiti dietro le sbarre. Essi servivano quale espediente per rimandare l'esecuzione e i tormenti, non potendosi giustiziare o torturare donne in stato interessante.

Al Plessis, dove "soggiornò" De Sade, alcune dame cadute in miseria, per accedere a quei miseri privilegi che Vi ho elencato, si diedero alla prostituzione e a danzare a seno scoperto, ricevendo quei clienti che, da fuori, i ruffiani e i carcerieri procuravano.

Anche il Saint-Germain era rinomato per una quindicenne la quale, dopo aver donato la verginità alle guardie, si era poi data al commercio di se stessa, eccellendo nel soddisfare anche tre uomini contemporaneamente, rimanendo però lucida e presente.

Sorte peggiore capitò al figlio impotente di Madame de Champigny che, dopo essere stato più volte violentato assieme alla madre, venne trovato strangolato nelle latrine delle Madelonnettes, con i genitali amputati e poi ficcati in bocca, quale lugubre antitesi del canto e del riso...

Finalmente, per abilità o per caso, il 10 agosto 1793 riuscii a scovare il nostro Karolyi. Lo beccai nel suo feudo, alle prigioni di Porte Saint-Antoine, mentre stava assistendo, quale ospite carcerato, all'esemplare punizione della *bouline*, dove il condannato, un certo Renaudy – reo di aver occultato dei viveri per poi rivenderseli al mercato nero – passando tra due file di guardie con aste di ferro e corde, venne per lungo tempo sferzato e quindi ridotto in fin di vita e nella polvere.

A tale spettacolo Karolyi presenziò indifferente e tediato, circondato da alcuni notabili grossolani e scalcagnati, e seduto vicino al Direttore Prévost, un esimio imbecille del Massiccio Centrale, che egli manovrava a suo piacimento, trattandolo da sottoposto e da ramazza.

Terminata la rappresentazione, fingendomi un giornalista dell'"Ami des Patriotes", accompagnai il gruppetto fin dentro la "Bonbes", una saletta sporca e disadorna adiacente al porticato, nella quale, cullati da sinistri cigolii di catene e di carrucole, si riunivano i custodi per bere caffè e tisane. In quel sito, tramite il veloce esame che in obliquo gli feci, notai che Karolyi aveva il così detto "piede torto" – e ciò spiegava l'andatura caracollante – lunghi mustacchi neri, basette corte, e la faccia simile al muso di una carpa, ma non l'occhio che, tagliato verso l'alto, ricordava più una goccia di mercurio dilatata, grigia, e riversa in una lente di occhiale.

Dopo essermi presentato con il nome di un giovane scrittore che avevo conosciuto alcune sere avanti, lo circuii confessandogli che, con attenzione, più volte lo avevo ascoltato in Parlamento, e che porgergli una qualche domanda mi sarebbe tornato utile per il prestigio e la carriera. Senza considerare che, di certo, avrebbe aiutato anche lui a riabilitarsi.

Egli, con voce nasale e visibilmente lusingata, mi diede appuntamento per il giorno seguente richiedendomi, quale compenso per il disturbo, un paio di bottiglie al cedro e all'ambra, liquori che da sempre lo ammaliavano. Io gli risposi che era il minimo che potessi fare e, fra un nugolo inconsueto di moscerini, usciti in massa da un vicino laboratorio per la distillazione della melassa, mi congedai compunto e ossequioso.

Ucciderlo non sarebbe stata azione facile o gioiosa e quella notte – notte di vigilia – nonostante le coccole di Étienne e le sue attenzioni, come sempre non dormii, se non per pochi i-stanti, giusto il tempo necessario perché il lupo lucertola mi riapparisse davanti e, bastardo, mi mordesse la guancia e la punta del naso.

Quando la mattina successiva la vettura di Jean si fermò di fronte al Saint-Antoine, un verso come "La risposta sta nella continua domanda" oppure "La domanda risiede nella conti-nua risposta" – frutto di chissà quale precedente elucubrazio-ne – mi rimbalzava a intervalli su di un dente malato; un gros-so molare tutto buchi e crepacci la cui funzione naturale era ormai saltata. Comunque, benché disturbato, e non certo con prestanza, entrai nel carcere elargendo battute spiritose e lau-te mance.

Senza perquisirmi, un secondino garbato e filosofo mi guidò fino alla cella o – per meglio dire – fino alla reggia di Karolyi. Mi aprì la porta, del resto non inchiavardata, e mi congedò mor-morando: «Oggi tutti vogliono giustizia, ma nessuno la rispetta. La legge è bacata... bella fuori, ma poi... nient'altro che un mar-cio affare».

Gradevolmente colpito, nonostante il luogo e la circostanza, quando mi presentai davanti all'ungherese anch'egli mi regalò un intenso brivido di piacere; infatti – strano a vedersi – egli stava succhiando latte da una mammella chiara ed enorme. La proprietaria di tale abbondanza era una balia grande e ro-busta, dal volto serafico, ma di età indefinibile, e Karolyi da lei ciucciava e ciucciava evitando di fermarsi.

A quella vista mi sedetti anche senza permesso, continuando a fissarli con vero interesse. Poco più in là, nella penombra, un altro galeotto – che di sfuggita mi parve un cinese – stava fa-cendo la punta a un ramo di rovere, usando la lama di un ron-chetto.

Consultai l'orologio. La poppata durò non meno di quindici minuti.

Il turgore del seno, le vene azzurre e tese, il capezzolo lungo e rosa, l'areola gonfia e dilatata, il ritmo della succhiata, la ma-no della femmina che, allenata, carezzava i capelli e le tempie di quel brutto animale, mi aprirono in due la testa.

Senza complimenti, anch'io mi sarei sfamato al suo petto, così da potermi addormentare e, in sogno, scorgere chissà quale stella.

Il medesimo fremito, o forse ancora più intimo e perverso, lo provai quando, staccatosi Karolyi, la bella donnona, asciugata col fazzoletto un'ultima goccia bianca che, lenta e ribelle, le stava rigando la curva della pelle, con delicatezza ripose la sua dote, aggiustandosi la camicia e poi stringendo il bustinello.

Mentre silenziosa mi passò davanti, mi alzai e la salutai con riverenza. Un tale onore non lo avrei riservato neppure a Maria Antonietta.

Ella, arrossendo, sussurrò un qualcosa con le labbra, e poi abbassò la testa. Fui tentato di seguirla, ma sapevo che mancare a una promessa fatta a Louis mi avrebbe rimesso in discussione per la vita e con me stesso. Preso quindi dalla volontà di agire, attesi che si allontanasse e che le gabbie si richiudessero, poi, estratte dalla sacca le due bottiglie richiestemi, le porsi all'ungherese con fare da vero *gentleman*.

Egli mi ringraziò con distacco e, stappato il cedro, dopo avermi visto bere per primo, chiamò l'orientale perché si servisse.

Meraviglia e sorpresa, quando questi entrò in luce, colui che avevo creduto un cinese si rivelò invece un mongoloide – un così detto "figlio del cielo" – comunque sveglio e allegro, per la tara che si portava dietro, e per le movenze un poco sciocche che nel prendere la tazza egli fece. In seguito, venni a sapere che era il figlio legittimo di Karolyi. L'unico figlio. Un figlio sbagliato di cui però il Convenzionale non aveva mai voluto disfarsi. Per risparmiarlo, e per capovolgere una volta tanto la legge "dei senza meta e dei senza tempo", decisi di colpire il ragazzo con la seconda bottiglia rimasta piena. Una botta svelta, che lo fece piombare nel paradiso degli indifesi.

Invece non fu così per suo padre.

Anticipando l'urlo e lo sgomento, lo afferrai per il collo e strinsi... strinsi con tutta la violenza che avevo.

Questi cominciò a rigurgitare latte e liquore; e a sputarmeli addosso.

Ricordo ancora che profumava come un neonato, e che era in preda a strani singulti e a buffe convulsioni.

Allora mi guardai attorno.

Vidi sotto una sedia il buiolo.

Al che gli assestai un pugno alla mandibola che, in parte, lo

tramortì, quindi lo trascinai per i vestiti e, sul secchio degli e-
scrementi, gli tagliai la gola.

Lo tenni in quella posizione fino a quando non sentii le sue
gambe divenire molli, e il respiro, da affannoso, trasformarsi in
un vuoto rimbombo.

Insieme, ma offuscati, mi riapparvero Geron, Lavater, De
Batz e Totì. Urina, merda, sangue... i liquidi si mischiarono e l'e-
sistenza ritrovò – di nuovo – un corso rettilineo.

Senza indugiare mi lavai in un bacile e indossai la palandrana per coprire gli schizzi e quei ricordi incerti... proprio come
ora – mio Presidente – che fra poco andrò a dormire e la co-
perta e la tenebra mi nasconderanno alla giovinezza e alla se-
nilità; per donarmi a ciò che in realtà sono; per regalarmi, all'i-
nizio e alla fine.

Tornato da Jean, mi feci portare da un suo conoscente, un
certo maestro di musica che arrotondava lo stipendio strap-
pando denti. Egli, con polso avvezzo e inaspettata determinazione, mi estrasse la torre nera e scheggiata; quindi, dopo a-
vermela mostrata, la buttò fuori dalla finestra.

Di sicuro mi liberò da un tremendo fastidio, ma anche da "un
lembo di conoscenza" – così come sosteneva mia madre, o a
volte risultava nei vecchi abbecedari sulla scienza.

Oggi però non ho più dolore. La mia bocca è vuota e sono le
gengive a masticare per i denti.

Sono le gengive – mio Signore – che, ormai affilate e indurite,
succhiano con bramosia ogni appendice di luna; e ancora quel
capezzolo.

MEMORIA XVI

Spogli e saggi come i beati. In adorazione dell'Arcangelo. L'i-
nevitabile congiunzione. L'ennesima batosta. Dal campanile
della Bonne-Nouvelle ecco apparire il cielo e la terra. Quindi
sulla causa persa, e sulla proposta di ripiego.

"Forse nei luoghi comuni dimora la verità. Anzi, i luoghi comuni
sono l'unica verità possibile. Meglio perciò applicare la semplicità di un proverbio, o affidarsi a un pettegolezzo o a un pre-
giudizio, più che speculare su delle astruse congetture. Meglio
infurbirsi, più che discernere e, da ridicoli, sprecare energia in-
seguendo una spiegazione o un principio." Detto ciò, Vi infor-
mo che presso l'Hôtel des États-Unis io ed Étienne occupammo
un paio di stanze adiacenti e comunicanti con quella di Louis.

Dall'incendio di rue du Bouloi, non avevamo più acquistato
alcunché di superfluo; solo gli abiti e gli strumenti per la toilette, così da non creare inutili apparenze o attaccamenti. Gli
unici simulacri a cui mi rifacevo erano il cuscino della mia bella, con l'impronta della testa e il leggero alone giallo lasciato
su di esso dai capelli, e alcune penne di pavone – da lei rac-
cattate chissà dove – adagiate su di una mensola, a braccetto
con la nicchia della parete. In compenso, quando Saint-Just si
radeva la barba, lo stavamo a guardare raccontandogli del
più e del meno. Nel certo, quella sua esibizione ci compensa-
va delle volontarie rinunce e dell'esserci adattati a un ambien-
te anonimo, spoglio, e praticato da scialbi mercanti e da viag-
giatori di poche parole. In vero, occuparci di lui era gradevole
e allegro, quindi, da sempre, ambivamo essergli utili. Ci pareva di dare un maggior peso all'esistenza, e ci sembrava di essere partecipi, e dentro alle scelte della Nazione.

Étienne, a volte, aiutava Louis a tagliarsi i peli del naso e le
unghie dei piedi, o anche lo tosava e gli curava le ulcere sotto
al mento. Da parte mia gli andavo a comprare i giornali e la

verdura, o scortavo le sue conquiste femminili in questo o quel caffè, oppure nei negozi del centro.

Si tramava insieme, e si dividevano il pranzo e la cena. Perciò – mio Presidente – potrete ben capire quanto sia stato determinante e catastrofico il giorno in cui li trovai assieme... avvinti, avvolti, e dominati dai sensi.

Il giorno in cui, per la prima volta, vidi l'Arcangelo giacere con l'ermafrodito di Amiens.

Ne ricevetti una botta tremenda, che mi fece rasentare la collera omicida e la più nefasta tragedia. Impugnai anche la pistola. Solo il legame che da tempo mi univa a loro, le cento e mille annunciazioni, o, forse, l'attesa inconsapevole di detta inevitabile congiunzione, servirono come placebo nel sopportare e giustificare quella terribile prova... ma procediamo con ordine, e senza ricadere in sepolte e inutili emozioni.

Dovete sapere che, dopo l'esecuzione della regina, avvenuta il 16 di ottobre 1793, e gli scontri alla Convenzione sulla requisizione generale del grano, e sul decreto riguardante la Leva in Massa di oltre due milioni di francesi – provvedimenti per la cui attuazione Saint-Just si batté strenuamente – gli giunse l'ordine, da parte del Comitato di Salute Pubblica, di recarsi una terza volta al fronte, in specifico a Strasburgo, dove la situazione era critica e urgeva un intervento di forza.

Il pomeriggio che precedette la sua partenza notturna, dovendo egli sbrigare molte faccende, mi assegnò parecchie commissioni.

In rue de Granville gli andai a ritirare un paio di scarpe da lui disegnate, che si era fatto cucire e suolare da un amico ciabattino; alcuni ventagli e pettini, e un vestitino di tela indiana con decorazioni bianche, rosse e blu, quali regali per la sua nuova amante, una certa Catherine, mezzo soprano virtuoso del "Carrousel"; inoltre un tavolinetto pieghevole da tenda; alcune caricature che raffiguravano Robespierre, visionate un qualche giorno avanti presso il trovarobe "Martin" di rue Beaubourg; quindi delle bucce di mandarino e di arancio lessate e candite, e dei confetti al rum, specialità della pasticceria "Saint-Paul", che si trovava nella strada omonima. Poi ceci, pistacchi, castagne e una lingua di bue salmistrata alla magonzese, per dilettarsi il viaggio e la faticosa permanenza; in più, e per finire, un berretto di lana e degli eleganti gambali di pelle marrone, da usarsi lungo il fangoso confine germanico. E proprio a causa di tale maratona – nonostante avessi preso una vetturetta di piazza, lasciando Jean a disposizione di Louis – impiegai molto tempo per adempiere al compito, anche perché la stagione era mutevole e inclemente, infatti alternava vento e acqua a squarci luminosi e a ramate esplosioni. Comunque, carico come un somaro, verso le sei di sera approdai all'albergo, di già irritato e con l'animo non certo dei più socievoli. Bussato alla porta di Saint-Just la trovai stranamente aperta. Per sicurezza, metteva sempre il chiavistello. Subito pensai che lo avesse fatto per facilitare l'entrata mia e dei pacchi, vista la condizione precaria e traballante in cui mi trovavo. In seguito, e solo dopo giorni, intesi che il tutto era già prestabilito – quindi non per sbadataggine o per il motivo che pocanzi Vi ho annunciato. Non fu altro che uno dei suoi consueti espedienti per mettermi al corrente, e farmi sapere, senza però dover dare delle spiegazioni, e senza dover chiedere...

Perché Louis era Louis, e come lui nessun altro. A modo suo sincero. A modo suo affezionato.

Liberatomi dai fardelli, mi diressi verso la tenda che copriva l'uscio della mia camera. La stanza di Étienne era oltre ancora, più accogliente, ma meno vasta delle nostre due.

Scostato il velluto, un calore intenso m'inondò. Un subdolo presentimento e poi una conferma. Come in un incubo mi imbattei nei glutei nudi e scavati di Saint-Just, e il movimento ritmico e sinuoso con cui li stava governando – e con cui stava imponendo il suo marchio – non mi lasciò alcun appiglio illusorio, e tantomeno potei equivocare o ritardare il benché minimo svelamento, o astrusa congettura.

Ambedue stavano sul mio letto, e sul mio letto fremevano. Davanti e a carponi Étienne Lavaredo, completamente svestita, larga, piegata, aggrappata alle coperte, scossa dai singulti e dal trasporto – la testa gettata all'indietro e i lunghi capelli che le frustavano la schiena. A ridosso l'Arcangelo, in tenuta da combattimento – con giacca, cravatta e solo i pantaloni aperti e scesi – che da dietro la prendeva... che lo penetrava, in ogni suo recesso; tenendolo per le mammelle e sussurrandogli parole oscene, frammiste a sordide bestemmie.

A fianco, su di una poltrona, ecco Catherine, l'amica di Saint-Just, discinta, torbida, sfrontata, che con lo sguardo dell'appagato assisteva a quel connubio osceno. Di certo Louis l'aveva congedata in precedenza – o forse era stato l'ermafrodito a pensarci – so solo che in quel momento Saint-Just era intento a salutare Étienne... e che saluto!

Un addio non da principianti, ma da veterani dell'alcova.

Non certo da vergine – come il ragazzetto con me continuava a sostenere – ma da baldracca navigata, com'era la sua naturale inclinazione.

Disperato mi ritrassi. Tolsi dalla tasca l'orologio e guardai le lancette tremare, e quindi polverizzarsi nel vuoto.

Davanti allo specchio mi affrontai bianco come il marmo.

Pensai – come già Vi ho detto – di ammazzarli e poi di ammazzarmi.

Pensai a Louis, e alle nostre intimità e confidenze.

Pensai a Étienne e di uccidere solo lui, perché bugiardo e cortigiano.

Pensai di lasciarli. Di vendicarmi. Di tornare da De Batz, e chiedere perdono all'Occulta Organizzazione.

Mi scoprii da solo. Da solo come sempre ero stato.

Fuggii in strada, sotto la pioggia e la tempesta.

Ribaltai a calci il carretto di un povero venditore di frittelle.

Iniziai a correre – a correre all'impazzata – per poi, svuotato, entrare nella chiesa Bonne-Nouvelle, e lì cercare un po' di quiete.

Rammento ancora come fosse addobbata a morto. In essa, due mesi avanti, si erano tenute le esequie di Marat e di Lepeletier e le scritte "Questo è il Tempio della Libertà" campeggiavano assieme ai drappi azzurri e alle ghirlande di cipresso.

Appoggiatomi a uno dei sarcofagi, alternavo stacchi di mente a improvvisi formicolii meningei – come fossi in preda ai vapori della febbre, e a chissà quale malattia tropicale o endemica.

In breve, fra me e me mi domandai: "È la verità ciò che ho visto? Non è forse un'allucinazione? Un prodotto della gelosia... della provata gelosia che Louis ed Étienne mi alimentano? La massima gelosia, l'estrema gelosia, proprio quella che divora l'escluso e l'assente?".

Dubbi e sentimenti che avevo sempre rifiutato o allontanato – perché da me giudicati da debole – si stavano riproponendo.

Sentivo sfuggirmi dalle mani le tante risposte a cui mi ero da mesi abituato.

L'impotenza mi dominava, e ciò è il massimo dolore. È l'impossibile, il sospeso, il prorogato, da cui nasce l'amore... l'amore più struggente e più durevole. L'amore per se stessi. L'amore del titano. L'amore di colui che resiste. Di colui che riesce a sopportare attraverso la continua metamorfosi del proprio sentimento, e del proprio essere. Di colui che ama perché ama. Che è perché è. Che scrive perché scrive. Che uccide perché uccide, e così pensai: "Già sono solo. Già sono ed ero con me stesso, quindi non mi conviene rinunciare al benessere. Non mi conviene, e non è saggio mischiare di nuovo le carte. Perdere quest'occasione. Gettare via una comodità. Sputare sulla fortuna. Calpestare questo vuoto, ma anche questo tutto". Perciò mi imposi: "Gabriel, adattati! Aspetta! Mantieniti il privilegio. Ingoia. Ingoia ancora. Tieni duro. Fattene una ragione. Approfittane. Abusa, poi, finita la mercede, salta in un'altra vita e in un'altra dimensione". E continuai: "Non essere stupido. Non abbassare la guardia. Finché starai al mondo avrai vita e visione da cui poter attingere e tramite cui, nella consapevolezza, ingannare i giorni. Respira quindi. Allarga i polmoni. Niente ti sfugge. Niente ti governa. Tutto ti consola. Puoi giungere alla soluzione. Ti è concesso. Lo spirito te lo consente. Anche il cuore dell'isolato e l'orgoglio del perdente".

Risvegliatomi, e presa la rincorsa, salii quattro a quattro i gradini del campanile e mi fermai solo quando, giunto nella cella campanaria, l'intera città, nei suoi contorni, mi apparve sterminata, priva di gente e di confusione. In quel buio oceano inferiore distinguevo unicamente i fuochi che punteggiavano i quartieri. Gli estremi bagliori della periferia. I falò accesi oltre le mura e nelle campagne circostanti. Una vera mappa stellare in cui la luce segnava le distanze, indicava gli angoli delle vie e dei palazzi, e i caratteri celati di mirabolanti e mutevoli figure geometriche, sui lati delle quali gli Argonauti avevano affrontato la commozione dell'ignoto e del nulla celeste, e sulle cui facce – su quelle trasparenti verticalità innalzatesi da orizzonti di mito... su quelle altezze che ancora oggi si vanno a congiungere con gli astri dell'oceano superiore – gli uomini avevano costruito i volumi della storia e delle scoperte, piramidi, cupole, muraglie, obelischi, torri, ponti... custodi di ben altre rotte della mente; nonché di altrettanti numerosi e pluricomposti universi.

Appoggiatomi al parapetto, e frugato da quegl'irrisolti pensieri, reclinai la fronte sul braccio. Da un'apparizione tanto vasta

– ma rassicurante perché di infinita prospettiva – passai a guardare la forma dei miei piedi, la sagoma delle mie gambe, il rigonfiamento del mio sesso che, con il palmo aperto, iniziai a massaggiare e a stringere, a volte tenendolo con forza, a volte lasciandolo, a volte comprimendolo, mentre ritornavo con la mente a Saint-Just e a Étienne. Mentre li rivedevo, sempre più disteso, sempre più... con rinnovato interesse.

Improvvisamente compresi che niente poteva catturarmi, e che avrei aperto qualsiasi tenaglia e varcato qualsiasi cancello.

Tale certezza era la base del mio dodecaedro – l'arcana figura degli esoterici – e il tetto della piattaforma che avevo innalzato al centro del mio cielo.

Esausto, un acuto odore di cioccolato arrivò fin dentro l'osservatorio, scuotendomi l'anima dalla tenebra.

Delicatezza dopo delicatezza. Soavità dopo soavità. Melanconia dopo melanconia, scesi da basso e mi fermai a bere e a mangiare in un vicino *estaminet*, dove il fumo delle pipe di terracotta e le imprecazioni in *argot* appesantivano l'aria.

Sedutomi a un tavolo d'angolo, continuai a riflettere senza preoccupazioni o rammarichi per poi, scrutate le facce dei presenti, giungere alla conclusione che il popolo non ama quei tiranni che fondano il loro governo su grandi concetti, come l'uguaglianza o la spartizione equanime dei beni; e neppure sostiene a lungo chi gli vuole dare felicità a ogni costo; oppure chi, anche se illuminato o in buona fede, tenta di regolare la vita altrui adattandola ai suoi ritmi e alle sue conclusioni. La cittadinanza – mio Presidente – a quei primi preferisce capi ben più ignobili e molto meno motivati nel governo, che procedono privi di progetto e volubilmente – sfruttando doppi, tripli, quadrupli... o infiniti messaggi controversi – perché, quali sudditi ammaestrati, hanno comunque la sensazione di poter godere di una certa libertà individuale, e non si sentono pressati da una volontà ben netta la quale poco consentirebbe alla speranza, e non certo si affiderebbe all'amministrazione improvvisata e casuale, che appunto favorisce il privato interesse e lo scambio.

Sorridente e conscio di ciò che stavamo andando ad affrontare, di corsa ritornai all'albergo, sperando d'incontrare Louis prima della sua partenza. Mi sentivo a lui grato per ben due motivi: l'essersi addossato un ruolo superbo, ma già vano fin dal principio, e l'avermi aperto gli occhi e la strada con l'ermafrodito.

Giunto in camera, trovai quest'ultimo solo e intento a far di conto.

Mi presentai a lui sereno, come nulla fosse successo. Egli mi accolse tenendo il gioco, sebbene sveglio e al corrente; infatti i pacchi fungevano da argomento, e agl'intelligenti basta poco per trarre delle conclusioni e poi dedurre un responso convincente.

Avvicinatomi a Étienne, di scatto lo afferrai per la chioma e lo tirai a me, schiacciandogli il volto sul mio sesso. Dopo quella fulminea soddisfazione, lo schiaffeggiai e lo percossi più e più volte, quindi lo sbattei sul letto e, inchiodatolo, lo penetrai e lo penetrai con furia e con freddezza.

Il ragazzo inizialmente resistette, ma poi cominciò a godere, piantandomi le unghie nei lombi e nella schiena. Fu allora che dalla violenza passai alla tenerezza, mormorandogli la nostra filastrocca all'orecchio:

Questo è il mese in cui le libellule vanno in amore.
Questo è il mese in cui si abbandonano e poi muoiono.
Questo è il mese della ruggine e del decoro.
Questo è il mese di chi teme se stesso e agli altri fa paura.

Quindi, fissandolo negli occhi, gl'intimai, ma con premura: «Étienne, dammi un figlio. Ti prego. Voglio un figlio da te. Non puoi negarmelo. Voglio il tuo battito e la tua schiuma».

A quella musica ci trovammo in lacrime e disciolti.

Per tutta la notte ci abbracciammo e ci baciammo parlando e riparlando del nostro futuro.

Di nuovo il patto era stato suggellato. Di nuovo il desiderio di fervore e di comprensione ci aveva spinto a giurare e poi a illuderci di poter far fede alla parola data; rispettando il sostantivo amore, o quantomeno la voce del bisogno. Ma forse aveva ragione Robespierre quando predicava di voler ammaestrare la natura. Forse aveva ragione nel dire: «Non abbiamo il diritto di essere pietosi, e viepiù di essere pietosi con noi stessi» – e a cavallo di tali pensieri, l'alba ci colse.

Sapevamo del nostro spasimo e del succedersi dei giorni.

Sapevamo della natività e della scusante adottata dagli uomini. Ma ciò non servì a scagionarci dal dubbio o dalla certezza; dall'infelicità e dalla ragione; che ben presto portarono fra di noi i loro cattivi frutti, e il più imbarazzante e crudele sconforto.

MEMORIA XVII

*Gli appelli del Comitato. Le massime di Saint-Just. Un atto
di valore civile. Anche il mio nome sui giornali. Ancora l'italiano e la sua collera. Il credito che la nostra società acquistò
tramite l'istruzione e il bambù...*

Nei mesi di novembre e dicembre di quel fatidico 1793 – per il
Calendario Rivoluzionario Brumaio, Frimaio e Nevoso – molti furono i manifesti appesi ai muri di Parigi che incitavano "all'amore
nazionale", "alla sopportazione dei disagi" – fra cui la carestia,
del resto sempre tremenda – e "alla riscossa in battaglia".

Gli appelli più frequenti erano: "Le case si trasformeranno in
caserme; le pubbliche piazze in officina di armi; mentre le can-
tine forniranno tutto il salnitro disponibile per fabbricare la polvere da sparo. Cittadini, resistete! Trasformeremo la Francia in
un enorme arsenale!". Oppure: "Le armi di calibro saranno affi-
date ai soldati, mentre i cavalli da sella verranno requisiti per i
corpi di cavalleria, e gli animali da tiro serviranno da traino per
l'artiglieria. Cittadini, non temete, la vittoria è vicina!". E per finire: "I giovani saranno combattenti; gli uomini sposati forgeran-
no i cannoni e trasporteranno le sussistenze; le madri baderan-
no alle tende, alle uniformi, e serviranno negli ospedali; i bambini faranno filacce; e i vecchi infiammeranno il coraggio di noi
tutti, eccitando l'odio contro i re e raccomandando l'Unità Repubblicana. Cittadini, basta col togliersi il cappello! Basta con le
riverenze! Un rivoluzionario non si arrende mai! Scavate nei vo-
stri cuori e liberateli da ciò che ancora vi lega alla monarchia!".

Sull'eco di tali grida, ecco Louis scrivermi dal fronte e mot-
teggiare a sua volta, ma su ben altri argomenti: "Caro Fratello,
per essere felici con le femmine bisogna cercare di soddisfarle
senza che se ne accorgano, e lasciarle completamente libere e
al loro destino; infatti colui che vuole appagare una donna deve poi abbandonarla a se stessa". Quindi rintuzzava: "È pericoloso dimostrare alla femmina un eccessivo desiderio. Bisogna,

al contrario, simulare una certa indifferenza per maggiormente infiammarla, perché la donna, quando si abitua alle carezze roventi, finisce poi per stancarsene. Tienila perciò insoddisfatta, e trattala sempre con scarso interesse". E anche: "Maggior numero di scemenze dirai e, in proporzione, maggior numero di femmine cadranno ai tuoi piedi. Le ragazze sono piacevoli trastulli e niente di più, il resto è appagamento o inutile perdita di tempo. Meglio dedicarsi al nuoto, alla scalata della corda, e agli esercizi ginnici, quali la scherma o la lotta, piuttosto che ingannarsi con la seduzione e i sospiri. Meglio liberarsene, più che rischiare di venire contagiato". E di seguito – anche se non era pertinente con gli argomenti fino a quel momento trattati – chiudeva ogni missiva con l'appello "Vincere o morire sul posto!" siglato SJ, in carattere gotico.

Il 17 gennaio (28 Nevoso) 1794 – la data la ricordo con precisione perché fu il giorno in cui quei pazzi di Hébert e di Jacques Roux detto "il Curato Rosso" dichiararono che Robespierre era il capo di una banda di indulgenti moderati – anch'io mi resi utile al bene pubblico compiendo un'azione di valore. Uscito in strada, ad alcuni isolati dall'albergo, in rue Saint-André-des-Arts, dove sorgevano parecchie botteghe di stampatori e molte case editrici, m'imbattei in un funerale; naturalmente un corteo civile, a spese del Municipio, così come diceva la legge convenzionale. Il morto era un postiglione di *turgottine* ucciso in Alsazia da alcuni disertori che avevano tentato di rapinare la corriera postale da lui condotta. Perciò un Eroe della Patria, caduto per difendere un bene comune, senza ricevere nulla in cambio, se non le onoranze funebri e la medaglia. A un certo punto, spaventata dai pifferi e dai tamburi che marciavano in testa a un battaglione di studenti di ritorno da un addestramento paramilitare, la giumenta che tirava la carrozzella s'imbizzarrì staccandosi dai finimenti, ribaltando la bara, e cominciando a scalciare all'impazzata. Gli stessi becchini e i gendarmi di scorta non riuscirono a tenerla a bada, e la gente, autorità e parenti compresi, si diede alla fuga lasciando il cadavere, già verde e putrefatto, in mezzo alle pozzanghere della strada.

La cavalla, abbandonata a se stessa – come le femmine descritte da Saint-Just – caricò e capovolse alcuni tavolini di abusivi, spaccò in mille pezzi la selce di un arrotino, colpì la pancia di una donna incinta che andò ad abortire, quindi, indemoniata, puntò verso una scolaresca venuta da quelle parti per osservare da vicino – così come le *Operette* degli Enciclo-pedisti suggerivano – i gesti dei lavoratori comunali, dei taglia-tori di pietre, e degli imbianchini, per poi dibattere con loro i motivi primi della Rivoluzione e del trionfo Repubblicano.

Dimostrandomi impavido, con un balzo misurato – agitando le braccia e urlando come un'aquila – mi posi fra l'animale e i fan-ciulli.

La giumenta si impennò e scartò, passandomi di lato.

Fu allora che la puntai con la pistola, e tentai di ucciderla spa-randole in centro agli occhi.

La bestia, ricevuto il colpo, come nulla fosse successo conti-nuò a correre e a saltare, per poi, a circa quaranta metri da do-ve mi trovavo, arrestarsi, oscillare, piegare le zampe davanti e, dall'orecchio destro, iniziare a perdere un rivolo di sangue, denso e nero, che macchiò il lastricato.

Passati alcuni istanti, che comunque parvero eterni, stra-mazzò al suolo, ma non su di un fianco, bensì scivolò in avanti, strisciando il muso sul selciato.

Il rumore fu sordo, come di pelle lacerata e di mandibola che sbatte.

A quel punto la gente uscì dai luoghi dove si era rintanata, e molti mi diedero pacche sulla schiena e fraterne manate sulle spalle, mentre l'educatrice mi appuntò una coccarda alla ma-nica e, rapita, mi baciò sulla mano.

Mi sentii felice e acclamato. Convinto di me stesso e affran-cato. Non essendo quegli applausi di circostanza, ma nel vero fervidi e spontanei e, soprattutto, non di riflesso all'Arcangelo, o suggeriti dalla sua presenza e dal suo richiamo.

I giorni seguenti, su "Affiches, Annonces et Avis Divers", un o-puscoletto molto venduto e consultato perché specializzato in annunci personali, recensioni e vendita di libri, a più riprese mi innalzarono a "salvatore di bambini" e a "guerriero fra gli arditi della Francia", sottolineando il mio nome, il mio incarico, e dove mi si poteva trovare per le doverose congratulazioni o i regali – un cerimoniale alquanto cortese, in auge prima della Rivoluzio-ne, e che il moderno vanto borghese non era riuscito a spazzare.

Quel servizio, a mia insaputa, lo aveva combinato il padrone del nostro Hôtel il quale, per interesse reclamizzante, e da vero sconsiderato, si era permesso di segnalare l'accaduto alla stam-pa, basandosi sui particolari che tornato in albergo gli avevo raccontato.

La cronaca dell'avvenimento – come del resto succede in questi casi – rimbalzò di testata in testata dilatandosi e assumendo accenti a dir poco leggendari. Così che su "Le Moniteur" il cittadino Bocuse, medico inventore dello sciroppo contro lo scorbuto, la gengivite, il fiato pesante e gli orzaioli, sosteneva che il coraggio mi era venuto perché da oltre un anno egli mi stava curando l'emicrania e – a sentire lui – già mi ero bevuto damigiane e damigiane di quel suo fetido medicinale e anzi, ogni settimana ci facevo anche il bagno, strofinandomelo dappertutto e in particolare sugli organi genitali.

Il medesimo tono venne usato anche da "Le Journal du Soir" che, di fianco all'articolo dove si parlava di me come di un colosso dell'antichità, pubblicò un disegno del pittore Girodet-Trioson con il quale illustrava la scena raffigurandomi barbuto e alto quasi due metri. Al punto che – mio Presidente – il risultato di tale propaganda lo andai a riscuotere un paio di settimane dopo; e non fu certo dei più esaltanti, o dei più remunerati.

Il 12 febbraio (24 Piovoso) 1794 Louis tornò per la quarta volta dal fronte e, spinto da Robespierre, cominciò a preparare il famoso discorso che, il 19 febbraio (1 Ventoso), lo avrebbe portato a diventare Presidente della Convenzione.

Per due giorni e due notti Saint-Just, Étienne e io rimanemmo chiusi nel caldo delle nostre stanze, causa una tremenda bufera di neve che stava martellando Parigi e il Nord della Francia.

Solo la mattina del 15 febbraio, ormai stanco della forzata convivenza, decisi di affrontare l'esterno anche perché gli alcolici erano agli sgoccioli, come stavano per finire il pâté, le gallette croccanti e il burro.

Indossato un lungo mantello alla spagnola, sopra a una pesante palandrana senza cuciture, la quale, a sua volta, era tenuta da un grembiule di cuoio impermeabile, calzati gli stivali e messomi in testa un largo cappello di feltro alla normanna – del resto tutti indumenti prestatimi dalla gentile moglie del nostro albergatore – aprii la porta dell'Hôtel e, non senza battere i denti, affondai il primo passo nella neve che, alta fino a un metro, si era ammucchiata sui marciapiedi.

A destra e a sinistra della strada alcuni volonterosi erano già all'opera e, con pale e vanghe, oppure con semplici tavole di legno, stavano tentando di aprire un camminamento, liberando gli ingressi o i vani delle porte.

Giunto dopo inenarrabili fatiche al Café de Foy – unico locale che ci faceva ancora credito – trovai l'ingresso sprangato e coperto per metà dalla neve. Provai a bussare ai vetri, ma nessuno mi rispose dall'interno. Decisi di continuare fino al Café de Conti, dove conoscevo il padrone, perché mio compagno d'armi a Saint-Nazaire, ma anche quello era chiuso. Ripiegai allora su di una fiaschetteria di infimo ordine, dove acquistai vino di Malaga e Tokaj di pessima qualità; ultime scorte rimaste in una Parigi silente e paralizzata.

Fu sulla via del ritorno, vicino alla fabbrica di baionette della "Tournelle" – il cui rumore di trapani e ingranaggi, e la pulsazione delle ruote e dei magli a vapore neppure il gelo riusciva ad attutire – che udii alle spalle un veloce sfregamento di racchette, e un ansimo cadenzato, come di chi si sta impegnando allo spasimo. Giratomi, vidi sopraggiungere un omaccione infagottato le cui fattezze non mi parvero sconosciute. Quando lo ebbi a non più di cinque passi, frugando spasmodicamente nei cassetti del mio cervello, riuscii a mettere a fuoco e quindi a realizzare. Era il sicario italiano sopravvissuto all'incendio di rue du Bouloi, il quale, indirizzato dai giornali, aveva riaperto le ostilità, presentandomi il conto e il disavanzo.

Fasciato e impedito nei movimenti, in un baleno venni travolto dal suo impeto forsennato, e mi ritrovai a scivolare su di una lastra di ghiaccio, inzuppato dal vino uscito dalle bottiglie rotte, e schiacciato e soffocato dal peso del suo corpo e dall'enorme pelliccia che indossava.

Quasi impossibile era il divincolarsi, perché non potevo fare ponte sulle gambe, e neppure appigliarmi a un qualcosa che non fosse sdruccioloso o vacillante. Non mi restò che rilassarmi, e cantargli fra uno sbuffo e l'altro:

Meglio su di un dito, più che camminare come un asino.
Meglio una cruna d'ago, più che una porta la cui chiave
la giri un buffone del tuo calibro.
Meglio fottere quella vacca di tua madre, più che subire
e prendermelo per il...

Secchi, mi arrivarono due pugni in faccia. Per darmeli mi si era seduto sulla pancia a gambe inginocchiate.

Ne approfittai per ruotare su me stesso e fuggirgli da sotto.

Sanguinavo copiosamente e quelle gocce, assieme al Tokaj, offesero il manto bianco.

In alto, sentii distinto il richiamo dello scricciolo sovrastare il lento annaspare delle macchine e, di fianco, sopraggiungere "la Volontà di Morte" che, laida e impaziente, si aggirava fra noi predestinati così che – e ancora non so per quale motivo – mi venne da pensare: "Forse anche Robespierre prega. Una volta, al Pont au Change, mi è parso di vederlo piangere e battersi il petto". Poi, di rincalzo, mi tornò alla mente il volto di un giovane attore di nome Anselme. Questi, nel *caveau* del Café Grotte Flamande, alla sua presenza, aveva imitato l'Incorruttibile muovendosi come fosse una marionetta del Teatrino Boemo, e recitando, nel contempo, frasi sconclusionate e blasfeme. A u-na settimana da quella malaugurata esibizione, il giovane venne trovato appeso al gancio di una macelleria equina in rue des Piques, già rue Louis-le-Grand, con la bocca slabbrata e una scritta a sangue sul petto: "Pantin, o l'Indesiderato".

Ma a quei ricordi potei dedicare ben poco... la lama sfoderata dall'italiano ebbe il potere di distogliermi da tale macabra ri-visitazione, per rigettarmi in un presente altrettanto cupo e roso.

Di nuovo scivolai, nel tentativo di estrarre a mia volta il coltello.
    Ricominciò anche a nevicare.
    Chi ebbe la fortuna di vederci poi mi disse che sembravamo due di quegli orsi goffi e puzzolenti che gli zingari fanno ballare sulle piazze.
    Mentre ruotavamo, un poco avvinghiati e un poco a distanza, altre immagini cruente mi balzarono alle tempie: la defene-strazione del parlamentare indipendente Rodenbach, scara-ventato giù dal terzo piano dell'École de Médecine, e i corpi di due gemelli neonati – figli del conte De Villiers de L'Isle-Adam – trafitti dalle picche dei rivoltosi ed esposti fuori dalle cancel-late di Saint-Brieuc, nel cuore della Bretagna... ma non potevo distrarmi oltre, o evadere la situazione, perché il mio avversa-rio non stava scherzando, ed era oltremodo arrabbiato per la beffa che a suo tempo io ed Étienne gli avevamo giocato in rue du Bouloi – e in chissà quanti altri luoghi.

Al secondo tentativo fallito di impugnare le armi dovetti desi-stere e decisi di affidarmi alla scaltrezza delle mani e non alla semplicità di uno sparo o al fendente di pugnale. Pattinando, raggiunsi un'entrata laterale della vicina officina e, inseguito, mi slanciai nell'oscurità di un androne. Il fumo del ferro lavorato prendeva ai polmoni, e li stringeva avvelenandoli.

Scansando alcuni operai, i quali iniziarono ad urlare incitandoci, attraversai la stanza delle colate e giunsi in un ufficio lungo e stretto, dove un Commissario e alcuni civili stavano parlando. Uno di questi, con giacca di nanchino a righe, e gilet di camoscio rosa, provò a fermarmi. Lo stesi con una gomitata mentre i restanti si aprirono al passaggio del trucido che m'incalzava, evitando saggiamente di mischiarsi.

Non avendo il tempo di aprirla, sfondai una vetrata e, superati un cortiletto, una rimessa e un altro cortile più vasto, mi trovai dentro un'aula con tanto di alunne e maestro.

Essendo l'istruzione obbligatoria, gratuita, e aperta a tutti, le lezioni erano seguite anche perché i genitori, sfruttando l'occasione, mandavano ben volentieri i figli a scuola, togliendoli così dalla via e dal freddo invernale. Alla mia entrata le scolare, in procinto di terminare un inno libertario, rimasero paralizzate, e ancor di più lo furono quando mi videro camminare sulle seggiole e tempestare il mio rivale con sussidiari, calamai, e astucci raccattati sui loro banchi.

Per dividerci l'insegnante tentò di intervenire alla disperata, credendo la lite una semplice disputa fra lavoranti; ma la sua generosità venne ripagata con una coltellata che gli rigò la fronte e la guancia. A quel gesto, spaventatissime, le giovinette si diedero alla fuga urtandosi e calpestandosi. Ne approfittai per salire in cattedra e, con la canna d'India usata per le punizioni corporali – o durante la lezione al planisfero o alla lavagna – mi gettai sull'italiano, puntandogliela dritta in piena faccia.

Egli riuscì a parare il mio attacco con il braccio, ma l'esile ed elastico bastone, insinuandosi fra le dita della mano, lo raggiunse all'occhio sinistro facendoglielo schizzare da una parte; dando così fine alla corsa e all'ingaggio. L'omaccione, che già avevo visto in maschera, apparve altrettanto sfigurato e, come Polifemo, cominciò a gridare e a ciondolare, tenendosi il volto e abbandonando il serramanico.

Contenuto, mi allontanai un poco, aggirandolo da dietro, quindi presa la pistola, armato il cane, feci fuoco mirando alla nuca, con vera pulizia e senso morale – quando ciò, mio Presidente, non lo si poté mai dire di Ulisse e dei suoi compagni.

Date le mie generalità al responsabile dell'istituto, feci mandare un bidello a chiamare i gendarmi.

Sbrigate le formalità di rito, dopo circa un'ora tornai a rab-
brividire in strada, sferzato da un vento pungente che a quei
tempi chiamavamo *borée*.

Un vento di nord-nordest – un vero amico della Svezia e della Danimarca – che guida fino a noi la migrazione delle oche e
delle otarde...

Che guida fino a noi la castità dei ghiacci.

MEMORIA XVIII

La mia vena conservatrice e la predisposizione all'immagini-
fico. Ancora i motti e le parole d'ordine coniati da Saint-Just.
L'esecuzione di Danton. I pareri di alcuni filosofi e di certi a-
mici Convenzionali. Il culto dell'Ente Supremo; e come affron-
tai quella festa e passai quella nottata.

"Un giorno può capitare di imbattersi in ciò che gli altri sanno di noi, o hanno la pretesa di sapere, e da quell'incontro se ne esce di solito malconci, perché è pur sempre difficile sopportare il giudizio altrui. Il più delle volte esso supera la seppur brutta considerazione che abbiamo di noi stessi, e le difese detrattrici da noi innalzate e ostentate che, per sopravvivere, continuiamo ad alimentare o a imporci. Non per niente vivere significa contrastare quel qualcosa che in ognuno di noi vuole morire. Quel qualcosa che sta diventando angusto, vecchio, debole, e su cui, con crudeltà, infieriamo fino al punto di volerlo... o di volerci uccidere. O forse quel qualcosa è già morto, e noi ci accaniamo su di esso nel tentativo di riportarlo in vita. Nella speranza di dare un senso anche al vuoto e alla miseria, procurando, per fastidio, un omicidio. Quasi un abbattere, per poi fare rivivere. Quasi un eliminare, per poi aggiungere e sorridere."
E tali robuste considerazioni mi catturavano ogni qual volta visitavo le belle sale del Louvre, inaugurate qualche mese prima, o anche le gallerie del Collège de France, o quelle del Musée des Monuments Français, oppure nel passare in rassegna i volumi custoditi nella Bibliothèque Nationale, o negli Archives, così come quando entravo nel Conservatoire des Arts et Métiers, nel Conservatorio di Musica, o nell'École Normale. Difatti, per me, incontrare le testimonianze dell'arte era come affrontare un verdetto assoluto e impersonale, adattabile a ogni tempo e a ogni spazio, a cui, da sempre, non riuscivo ad abituarmi. Del resto, i simulacri dell'armonia e della creatività rappresentavano l'unica sentenza di fronte alla quale avrei potuto abbas-

sare il capo. Davanti a una qualsiasi altra risoluzione umana a-
vrei tolto la vita, nel tentativo di ricrearla a mio beneficio. Invece i quadri, le sculture, le note e i libri mi eliminavano – mi ucci-
devano – per poi innalzarmi e modellarmi quale sublime arti-
ficio. E anche la concezione che avevo della storia mi procurava
la medesima sensazione, e la voglia di fantasticare e di procedere. Quello che ad altri pesava, perché considerato ormai e-
straneo o inutile fardello, ereditato dal precedente regime, andava – con la sua purezza e il suo distacco – a estirparmi il
malanno che so legato all'amore e al capire, concedendomi, a
piene mani, la massima fortuna e il massimo beneficio: una religione da difendere e da perpetuare all'infinito.

In quest'ottica, ciò che ti trascini come peso il più delle volte
diviene merito. Ciò che ti schiaccia e ti rende diverso diviene
una fulgida e sincera iperbole. Ciò che pare crisi funge da personale crescita.

Quindi – in quei giorni – le memorie e gli attestati della specie erano i soli giudici che accettavo e che riconoscevo come
autentici. La custodia e lo studio di essi, l'unica pena che mi a-
vrebbe imprigionato e liberato assieme.

Anche a causa di queste mie discutibili posizioni – con la necessità di anteporre il passato e il mirabolante prima di ogni
altro parametro, e di ogni valutazione – collaborare con Louis,
per me, divenne quasi impossibile. La trottola dei suoi impegni
girava vorticosa sulla punta del naso della morale e del dovere; così come la sua inconcludente e sterile proiezione verista
mi procurava un fastidioso bisogno di sbandamento estetico e
di incoerente equilibrio assimilativo, al punto da aggirare sempre più gli obblighi legati al presente, per cercare nella mia
privata visione la confluenza con l'esterno e con il sapere.

Perciò, oltre a un febbraio 1794, all'insegna della continenza
e dei pasti saltati, ecco un marzo insonne tra vendette personali, rapporti alla Convenzione, guerra di massa, decreti, in-
chieste, discorsi. Ecco i motti a cui rifarsi quando la stanchezza aveva il sopravvento: "La mia energia è data dall'odio"; "Lo
Stato sono io!"; "Cittadini, misuriamoci con la prova suprema,
quella di essere impassibili anche contro noi stessi". Ecco l'arresto di Danton, il processo, l'afasia e l'esecuzione – sua e dei
suoi complici – poi l'aureola del martirio e l'Arcangelo indicato
quale carnefice, e quale beffardo profanatore del diritto costituito. E infine, ecco le parole di Michelet, pronunciate riferen-

dosi a Saint-Just: "Anche nei suoi minimi gesti rivela di essere l'uomo dell'avvenire. È tanto al di sopra degli altri che è impossibile tollerarlo". Oppure quelle di Paine: "Egli, dopo aver ridotto le sue convinzioni al fine unico di schiantare ogni ostacolo, misura la grandezza che si attribuisce dall'immensità delle distruzioni che attua con la sintesi delle sue parole". O quelle di Moratín: "Vive nel governo come i santi vivono nella fede, annullandosi in quella prassi, come i beati lo fanno in Dio".

Per quel che mi riguarda, a dette sentenze mi resta ben poco da aggiungere. Louis era un freddo passionale che tentava di forzare il reale per poterlo far giungere alle sommità dell'idea. Allo stesso tempo egli cercava di indossare i panni dell'utopista e del pratico, volendo identificare il potere con l'azione e la missione, con il braccio armato e la liturgia che poi – lui medesimo e con la sua persona – cercava di rappresentare.

Solo allora capii che i nostri modelli si incontravano perché estremi, ma, nel contempo, capovolti e antitetici, andandosi a scambiare e intrecciandosi come nel calcolo degli opposti o come sulle diagonali di un esaedro e di un ottaedro. Infatti io ambivo a consolidare e a conservare nel domani, perché venivo da un retaggio di vanto; mentre egli, di rivalsa a un passato di privazione, teorizzava l'annullamento nel presente per un suo futuro nobiliare.

Io rifuggivo il concreto, perché da me considerato noioso e ben poco seducente; mentre lui del sogno desiderava far vita di tutti i giorni, rifugiandosi nel quotidiano anche se sbagliato. Poi egli, senza intermediari, voleva se stesso in cima al Monte Bianco; io invece mi appoggiavo agli altri e che scalassero per me, così da potermi sedere e quindi – con poca fatica – bere e sfamarmi. Di sostegno, egli con assillo ambiva continuamente a nascere e impostarsi; mentre io, a trasformarmi e disimpegnarmi, sia dai doveri, che dalle domande.

A me in verità occorreva donare affetto; mentre a lui essere amato.

Egli cercava di dimenticare, e io di ricordare. Quindi lavorava per individuare le percentuali che gli davano il totale, quando comunque il totale, nella sua mente, era già definito e immutabile; al contrario, io seguivo volta per volta l'evolversi delle cifre, non curandomi di quello che sarebbe stato l'intero o il finale – anzi – per nulla preoccupato se via via la somma avrebbe subito delle variazioni o degli ammanchi. Però, ambedue, nel centro della figura e dello spazio, si violentava per eliminare e restare; ma solo Saint-Just rincorreva la morte per salvare, invece Rouge-Gorge si limitava a darla da saggio e da egoista, quale espediente per liberarsi, e salvaguardare la propria pace. Perché Louis giocava per raggiungere un potere unico e inviolabile; al contrario di me che avevo dato inizio alla partita già conscio di dover saltare da un potere all'altro. Ma, nonostante ciò, e sebbene consapevoli del nostro destino, non potevamo lasciarci e, tantomeno, tradirci. Nella vita sia io che lui puntavamo d'azzardo e con aristocrazia, mentre il resto – il così detto avanzo – era esclusivamente componente da sfruttare.

A sacralizzare questa nostra unione, e a benedirla, ci pensò Maximilien Robespierre, qualche tempo dopo, istituendo il culto dell'Ente Supremo.

La sua fu un'operazione d'ufficio, suggerita dal morboso desiderio di riacquistare popolarità; e da una sua personale predisposizione nei confronti del metafisico e del trascendentale; poi da lui adattata – quale pretesto propagandistico – a una richiesta avente carattere nazionale.

Il tutto venne sancito il 7 maggio 1794 (18 Floreale dell'anno II) con un decreto di cui, una settimana avanti, l'Incorruttibile, quale unico autore e firmatario, ci fece avere bozza in anteprima.

Fra le altre cose, il documento ribadiva al suo interno: "La Repubblica nei giorni decadi celebrerà le feste di cui segue l'enumerazione: all'Essere Supremo e alla Natura, al Genere Umano e al Popolo Francese, ai Benefattori dell'Umanità, ai Martiri della Libertà, alla Libertà e all'Eguaglianza, alla Repubblica, alla Libertà del Mondo, all'Amore della Patria, all'Odio per i tiranni e per i traditori, alla Verità, alla Giustizia, al Pudore, alla Gloria e all'Immortalità, all'Amicizia, alla Frugalità, al Coraggio, alla Buona Fede, all'Eroismo, all'Abnegazione, allo Stoicismo, all'Amore Paterno, alla Tenerezza Materna, alla Pietà Filiale, all'Infanzia, alla Gioventù, all'Età Virile, alla Vecchiaia, alla Sofferenza, all'Agricoltura, all'Industria, ai Nostri Avi, alla Posterità e alla Felicità".

Sempre quell'atto portava a retro una massima forzata, "Anche colui che non è nulla ha ben più diritti di un ministro", e una stampa allegorica realizzata da Jeaurat de Bertry ispirata al culto dell'Ente Supremo: su di uno sfondo campestre si stagliava un fascio con la mannaia, sovrastato dal cappello frigio e con ai piedi una cornucopia rovesciata. A destra, su di una roccia, un cippo inneggiava alle riforme sociali. Quel monumento era difeso dal cannone e dal soldato in uniforme da campagna, mentre, in lontananza, svettava una ghigliottina sollevata. Sopra alla scena campeggiava il ritratto di Rousseau, con la luna, il sole, le folgori e l'Occhio della Divinità, che non voleva spodestare i principi ispirati dalla Dea Ragione, alla quale le chiese di Parigi – Notre-Dame in testa – erano state consacrate il 25 novembre (5 Frimaio) 1793, ma a cui, come poi credo, voleva porre un freno, perché giudicato anticamera del nulla e dell'ateismo.

I festeggiamenti all'Essere o Ente Supremo – una trasposizione popolare del Grande Architetto Massonico – iniziarono l'8 giugno (20 Pratile) del 1794 con una messinscena trionfale che, oltre a ridicolizzare Robespierre, appena sfuggito a un brutale attentato, decretò anche l'avvio della veloce parabola decrescente del potere giacobino.

Le celebrazioni presero il via alla mattina, con una solenne processione, a cui tutti i collaboratori dell'Incorruttibile parteciparono. L'unico assente era Saint-Just, per ben due motivi. Il primo di ordine militare, che lo vedeva combattere in prima linea nei pressi di Fleurus, la cui vittoriosa battaglia ci portò all'occupazione del Belgio, e il secondo di ordine politico: infatti ormai non era più convinto delle capacità strategiche di Maximilien, dal quale stava tentando di allontanarsi al fine di proporsi come unica soluzione per la Francia. Al suo posto dovetti andare io, così da rappresentarlo, ma la cricca dei robespierristi – forse perché di già sull'avviso – non mi accolse con calore, emarginandomi e sistemandomi a lato delle autorità. Nel sole di quella tarda primavera, sotto un cielo indaco e solcato da balestrucci, rondini e strillozzi che s'inseguivano in piena fregola amorosa, il corteo si aprì con la figurazione della Libertà, interpretata dalla famosa attrice Isotte Bousquet, nuova amante dell'Arcangelo, accompagnata da venti giovinette aggraziate, vestite con abiti austeri, e aventi fra le mani brocche dorate da cui uscivano spighe di grano non ancora mature. Dietro sfilavano i deputati delle Società Popolari, i Veterani della Rivoluzione, gli eroi decorati, e alcuni giovani nerboruti che portavano sulle spalle i busti dei martiri Lepeletier, Chalier, Marat, Bara, Viala. Altri reggevano stendardi e bandiere, fino ad arrivare agl'immancabili sanculotti con picca, tribolo e berretto rosso, ai figuranti travestiti da contadini, minatori, marinai con il sestante, fabbri, mattonai, cucitrici con la rocca e il fuso, canapini, conciatori, scamosciatori, filatrici con l'arcolaio, pescatori, scienziati col microscopio e il mappamondo, falegnami, tinai, muratori e cuochi. Poi, e di nuovo, un gruppo di bei giovinetti con ghirlande di foglie di querce e lauro, quindi gli orfani di guerra, vestiti con camicia e fibbie di rame, e gli studenti dell'Accademia Militare, con le ghette bianche e la feluca di traverso sulla testa. Dietro, eccoti arrivare un carro trainato da 4 buoi con sopra una montagna finta da cui s'innalzava una scala con al vertice un'ascia. A seguire spuntò un gruppo di prigioniere rasate e scortate dai gendarmi, con un grande cartello che le precedeva e su cui potevi leggere: "Ci riabiliteremo, popolo di Francia!". Al loro passaggio, stranamente, la folla applaudì e non sputò, come invece era l'usanza. Quindi apparve una ragazza florida e dai seni pungenti, mascherata da Patria, con mantello e bastone fasciato di nastri tricolori, la quale, non appena transitata davanti al nostro palco, svenne, creando imbarazzo fra gli organizzatori. Per fortuna che, tempestiva, giunse la banda – parte a piedi e parte su piattaforme rotanti – con cornamuse, tamburi, clarini, bassi, viole, trombe e ocarine, fiancheggiata dagli acrobati e dai ginnasti, intervenuti per movimentare il corteo, e così da sollazzare gli spettatori e gl'invitati. Per chiudere, dopo l'ennesimo carro allegorico raffigurante la Vittoria Alata, e dopo una serie di comparse che reggevano aste sormontate dall'Occhio Universale, finalmente apparvero gli ussari a cavallo, e circa mille fanciulli di altezza uguale, i quali, all'unisono, recitarono l'Ode di Saint-Pierre e Brianaud, quella composta per onorare il Nuovo Dio Pagano. Terminata la manifestazione, alcuni parlamentari montagnardi – capeggiati da Bourdon de l'Oise – si alzarono dalle tribune e, rivolti verso Maximilien, lo pernacchiarono urlandogli che era un megalomane, un sanguinario, un affamatore e un nano.

Da quello spiacevole incidente molti dei presenti – io compreso – ricavarono la medesima impressione: il consenso nei confronti di Robespierre stava del tutto esaurendosi e, massimo guaio, egli era ormai un isolato anche all'interno della Convenzione.

In barba a tutti, due giorni più tardi – quale colpo di coda, e sicuramente per vendicarsi di un tale affronto – l'Incorruttibile fece approvare dall'Assemblea Nazionale una legge che sopprimeva testimoni e difensori dinnanzi al Tribunale Rivoluzionario, accelerando viepiù le esecuzioni e le stragi, e gettando il mondo nel panico e nell'orrore. Ma torniamo al pomeriggio dell'8 giugno, dedicato all'Essere Supremo e al suo tripudio. Dopo un pranzo al sacco consumato nei giardini del Luxembourg, e la solita corsa dei purosangue – vinta dalla scuderia berbera di Carcassonne – il pubblico accusatore del Tribunale Rivoluzionario, l'irreprensibile Fouquier-Tinville, diede il via alle giostre nautiche sulla Senna, mentre i bambini inseguivano il cerchio, si saltavano in groppa o – per gioco – si prendevano a sassate e a colpi di cerbottana; intanto che gli adulti s'intrattenevano con le bocce, l'altalena, i birilli, o danzando al suono delle ghironde, oppure organizzando delle farandole nel fango. Buona parte dei ristoranti, delle locande, dei caffè, delle trattorie e dei chioschi erano invasi da gente comune, e fra i tavoli si aggiravano fioraie, fiammiferaie, fattucchiere e altri girovaghi perdigiorno, tutti tollerati, per la ricorrenza, dalla polizia.

Verso sera, qua e là si accesero i fuochi, anche dietro al palazzo del Louvre, nello Jardin des Tuileries, nella place de l'Indivisibilité, o nello spiazzo del Campo di Marte, e fra ali di folla esultante si cominciò a "tirare il collo all'oca" – cioè, legate delle oche vive a delle corde attaccate a due alberi o a due pali, i giovani, passando al galoppo, cercavano di abbrancare la testa di questo o quell'animale e quindi di tirarla fino a staccarla.

Prima del buio iniziarono i tornei di dama e i così detti lanci con la fionda e con il peso – una tonda palla da cannone di oltre 7 chili – e anche le dispute "a dito o a mano di ferro", e in più le gare "al salto della riva o dell'asticella". La festa, al lume delle torce, si concluse in una sbornia colossale con uomini, donne e fanciulli sdraiati nei bivacchi a raccontarsi storie, favole e viaggi, o anche a litigare, a strapparsi i vestiti da dosso, o a fare le coltellate. Non a caso il bilancio del sollazzo ammontò a 3 morti e a non so quanti feriti, contusi, salassati o sfregiati... ulteriore obolo alla Somma Divinità Rivoluzionaria.

Quale particolare piccante, ricordo come in detto bagordo anch'io trovai compagnia e della migliore.

Mi ero appena seduto a un tavolo del Café Procope, e stavo mischiando le carte per un giro di levata – proprio quelle carte nuove dove "il Negro Liberato" aveva preso il posto del fante di picche, dove "il Genio della Guerra" suppliva il re di cuori, e dove "la Facilità dei Culti" stava al posto della regina di fiori – quando una coppia stravagante e assortita mi avvicinò, interessandosi alla mia persona.

Lui, quarantenne, non era molto alto, aveva la faccia impomatata, incorniciata da una chioma scura e arricciata a ferro. Le labbra ostentatamente rosse, le mani lunghe e bianche, e le natiche sode e fasciate. In seguito seppi che dall'ottobre del 1793 insegnava greco antico al collegio delle Quatre-Nations e che – una volta convocato – da Marsiglia era giunto fino alla capitale nel tempo che di solito impiega una lettera... cioè in 5 giorni e 5 notti. Lei, trentanovenne, fulva di capelli e figlia adulterina di un marchese provenzale, era magrissima e piatta, ma al contempo eccitante; vestiva da amazzone e aveva studiato per molti anni con il matematico e filosofo Condorcet. Amica intima di Casanova e di Cagliostro – o almeno così mi rivelò compiaciuta – dopo aver girato il mondo in lungo e in largo era tornata in Francia al richiamo della Rivoluzione, per divenire comunarda, fondatrice di un club autonomo di sole donne, e favorita del Sindaco di Parigi Fleuriot-Lescot.

Io mi dichiarai biscazziere, truffatore, ladro, sicario, ricettatore, spione e stupratore e, qualora si fossero voluti divertire, li invitai come prima tappa ai "Canonniers" dove, in una saletta esclusiva e con il pavimento in terra battuta, si poteva assaggiare il brodo di cane alla tailandese e ammirare "l'Uomo Selvatico" che, completamente nudo e nonostante i severi divieti governativi, si accoppiava con una bella prostituta di colore anche per 19 volte al giorno; quindi gli proposi di accompagnarli al famoso Palais-Royal presso cui, dopo una cenetta a base di luccio alla salsa di cetrioli, insalata di pollo alle acciughe, fricandò all'acetosella, e bignè alla pesca – il tutto abbondantemente innaffiato con champagne rosato – avremmo assistito alla flagellazione delle "Sacerdotesse di Venere", e al rito masochistico del "Grande Hugues", il quale, munito di staffile e pinze in argento, si lavorava femmine e maschi indiscriminatamente, per umiliarli e nell'intimo possederli.

Inebriati dal mio racconto, quei due eccentrici si affidarono a me perché – sebbene sofisticati ed eruditi – non erano che dei provincialotti in cerca di emozioni forti e di piaceri proibiti; al che io, di cuore generoso e di bocca buona, non mi feci pregare e, chiamato Jean, li condussi velocemente in un oratorio sconsacrato dalle parti dell'Hôpital des Enfants, dove, ammessi dall'amico Tenente Pourtalès – esperto demonista – li feci partecipare a una "Messa Nera" con tanto di ostie triangolari dal sigillo satanico, tabacco arabo, bacio sul deretano del capro, e crocefisso rovesciato e immerdato. Quindi, senza alcuno scrupolo, li presi e, ancora storditi e confusi, li strapazzai per benino, prima di ripulirli dei soldi e dei monili, per poi cederli ad alcuni delinquenti incontrati nella "Bettola dell'Orso", a Montparnasse, i quali, in men che non si dica, fra schiaffi, bassi apprezzamenti, pizzichi e calci nel sedere li portarono al piano superiore, e ce li tennero per una settimana intera.

MEMORIA XIX

*Sul doppio antagonismo. Sulla doppia divinità. Sul tipo di so-
cietà auspicabile. Sui teatri della capitale. Silla il romano. Sul-
l'oltre e sullo sguardo verso l'alto.*

Anche se in ritardo, con piacere continuerò a narrarVi sugli
aspetti significativi di quella nostra avventura giovanile, facen-
doVi notare che Saint-Just ebbe quale vero antagonista – di
nome e di fatto – solo il nobile De Batz, e non tanto se stesso,
l'età, i compagni rivoluzionari, i colleghi Convenzionali, l'invidia,
o il popolo di Francia, come tanti storici o cronisti hanno recentemente sostenuto; in verità, posso affermare che l'esistenza
dell'uno ha influenzato e neutralizzato quella dell'altro, come le
loro due, messe assieme, hanno poi inciso irrimediabilmente
sulla mia, sprofondandomi nel buio ideologico e nel nulla di vita;
e lasciandomi, quale antidoto contro il fallimento, unicamente
l'esperienza, la memoria, e la dolce melanconia.

Per questo ambedue, sebbene nel cuore nemici, furono idoli
sanguinari uniti tra loro al fine di spegnere il primo grande regime libertario del pianeta. Difatti, equivalendosi per fantasia,
determinazione, dinamismo, decisione e audacia, erano anche
disposti a sacrificare i loro affetti più intimi, quando il momento
lo richiedeva, così come erano votati all'esaltazione del dispotismo più intemperante, e del potentato più rigido e inclemente, allo scopo di istaurare due governi assolutistici e piramidali
che, sebbene in accezioni diverse, avrebbero dovuto assistere,
proteggere e indottrinare anche il più restio cittadino.

Ambedue non capendo che deve essere il potere stesso ad
adeguarsi alla richiesta della gente – e non viceversa – al punto
di evolversi e quindi poter sopravvivere alla monotonia e alle
intemperie.

Ambedue calpestando ogni principio morale per imporre il
proprio senso etico e la propria certezza.

Ambedue miei modelli e maestri, in quell'insanabile e insaziabile bisogno che avevo di centro, di staticità, di emozione e di eccesso.

E – proprio perché si era al termine della lotta – desiderai e desiderai incontrare ancora una volta il barone guascone e con lui Totì, suo degno esecutore: sia per non lasciare dei sospesi, sia per la curiosità che sempre mi ha spinto a ripercorrere, riprendere e recuperare strade, situazioni, femmine, paesaggi e testi, sia perché m'interessava avere sott'occhio tutti i protagonisti della vicenda, così da trovarmi dalla parte giusta, nel momento più favorevole.

Guarda caso, la combinazione propizia capitò proprio il 20 giugno (2 Messidoro) 1794, alcuni giorni dopo l'avvenuta esecuzione dei così detti "60 seguaci" di De Batz, incarcerati a seguito delle retate di fine marzo e inizio aprile.

Quella sera, essendo Louis partito per l'ennesima scorribanda guerresca, io ed Étienne avevamo deciso di recarci a teatro.

Sprovvisti del programma degli spettacoli che la Comune stampava in collaborazione con la Corporazione degli Impresari e dei Proprietari di Sale, dall'appartamento di rue de Caumartin – affittato dall'Arcangelo causa la faccenda capitatami con il sicario italiano – ci incamminammo diretti al Café Corazza, dove Jean ci stava aspettando con la vettura, e da lì, quasi a zonzo, cominciammo a passare in rassegna i vari manifesti esposti fuori dai locali.

Al Lycée rappresentavano *Le pastorelle dell'Arcadia*; al Teatro dei Boulevards si esibiva l'attore sanguemisto Trial; nello stesso tempo, al Politeama, in boulevard du Temple – via molto passeggiata perché recentemente pavimentata e adorna di begli alberi centenari – alternavano le repliche di *Le Goûter* con quelle della commedia *Mieux fait douceur que violence*, ormai vista dalla città intera; mentre agli Ambulanti era in scena *Les Écosseuses*, dramma i cui personaggi venivano interpretati da cittadini presi dalla strada; così come alla Comédie-Italienne andava da oltre un mese la brillante *Arlecchino e Scaramouche*; e invece alla concorrente Comédie-Française si recitava il *Tartufo* di Molière, che poi avrebbe ceduto il posto al *Misantropo* e all'*Anfitrione* – da noi già visti più e più volte.

Scartato il République, locale fatuo perché alla moda, decidemmo per il Teatro del Vaudeville dove il grande Talma avrebbe interpretato *Silla il romano*, di Émile Poincaré – a suo tempo messo in scena anche alla Comédie Nationale, con buon successo di critica.

Acquistati gli ultimi biglietti rimasti – vista la grande affluenza di spettatori pronti a impegnarsi anche i *caleçons* pur di essere presenti – ci accomodammo in un palchetto laterale a ridosso del proscenio, e con pazienza ci disponemmo ad attendere l'inizio della rappresentazione. Nel frattempo, alcuni musici e cantori si erano messi a intrattenere il pubblico con spartiti satirici aventi la condizione generale dello Stato quale soggetto burlesco e giocoso, mentre i valletti del teatro si prodigavano a tenere calmi gli studenti e i Commissari presenti in platea, i quali, ribaltando le panche e per nulla ironici, gridavano di far cessare quell'ignobile sconcio. E lo stesso cadeva dai loggioni, là dove si appollaiavano i sanculotti più ostili, a fianco dei lavoratori più probi, assieme alle degne consorti, ai figli, e al parentame di occasione.

Per il quieto vivere, e perché le pistole non tuonassero, il Direttore di Scena dovette ritirare i suonatori accusati e fischiati, e fare uscire, assieme alle ballerinette, alcuni volteggiatori e saltatori, molto meno implicanti e sempre graditi, i quali, con capriole e pantomime, riportarono la tranquillità e i battimani.

Poco prima che le lanterne venissero spente, e che il sipario si andasse ad aprire, da sinistra del palcoscenico uscì un baldo presentatore che, oltre a introdurre l'opera, sottolineò come la Repubblica avesse portato a teatro anche i ceti più miserevoli e analfabeti, e come la lingua francese la si dovesse intendere quale collante per l'unità nazionale, o come veicolo del sapere rivoluzionario. A tali parole di nuovo si applaudì e si commentò urlando a squarciagola: «Viva la Patria!»; «Viva lo Stato Popolare!»; «Viva il Sapere Rivoluzionario!»; «Abbasso la grettezza e le divisioni fra città e razze!».

Fu in quell'istante che, attratto dagli strani movimenti e dagli spostamenti che avvenivano nel ballatoio di fronte, sospettoso e patologico fissai l'attenzione in quella direzione, portando un binocolare agli occhi.

La mossa era come di chi arriva in ritardo, oppure entra già a luci abbassate, perché non vuole farsi notare o è in contumacia.

Allertato e indiscreto, nella penombra mi sforzai e – credetemi – dopo averlo sperato per così tanto tempo, ciò che vidi mi lasciò di sasso. Avvinghiato a una stupenda ragazza, scorsi un uomo dai tratti rozzi e volgari. Subito, sebbene non portasse più i baffi, riconobbi nella piovra in questione il latitante e ricercato Totì, ex Brigadiere al Commissariato della Sorbonne, nonché elemento assai pericoloso dell'Occulta Organizzazione. Proprio colui che mi aveva condannato a morte, avversandomi e perseguitandomi notte e giorno.

Accalorato, ebbi una reazione immediata. Dissi a Étienne che mi dovevo assentare, che non mi rivolgesse domande perché avevo fretta, e che, qualora avessi tardato, avvisasse Jean e gli facesse il nome di Totì. Quindi, energico e scattante, mi catapultai nel corridoio e, cercando di non far rumore, percorsi budelli, gallerie e ringhiere fino a giungere all'ordine di palchi dove l'amico si trovava.

Durante quell'andare avevo estratto anche la pistola, ma sempre la tenni lungo il fianco, nascosta tra le pieghe del frac, per poi, cauto, avvicinarmi alla prima delle porte e ascoltare. Intanto, la commedia era andata a principiare, con il dittatore protagonista che sulla scena descriveva le qualità di Roma e i propositi che avrebbero caratterizzato il suo mandato, mentre, alle sue spalle, gli ultimi seguaci di Cinna e di Mario stavano di già tramando per liquidarlo. Da parte mia, sollevata la rambozza, spalancai la pusterla e mi trovai davanti un trio di signori distinti e con dei bicchieri in mano, che si girarono con aria interrogativa, e a cui dovetti inchinarmi e domandare scusa. Parimenti, la recita avanzava spedita. Quello che poi sarebbe diventato il condottiero degli schiavi ribelli – Spartaco il barbaro – con voce in falsetto, perché ancora giovane e idealitario, stava enumerando le bassezze e le ottusità della condizione civile e umana.

Alla frase «La trasformazione del gusto collettivo è più importante di quella delle opinioni» aprii la seconda porta con mano sudata.

Nel palchetto oscurato dalle tendine intravidi due figure in atteggiamento inequivocabile, ma – mio malgrado – neppure queste rispondevano alle fattezze di Totì e della sua compagna.

Non mi restava che il terzo uscio – ancora un uscio – l'ultimo presente in quell'andito smisurato.

Nervosamente cercai il mio orologio e, come facevo nei momenti di maggiore tensione, guardai l'ora. Talma, in tunica e pettorale, stava intonando una canzone accompagnato dal suono di una cetra. Meccanicamente mi domandai: "Chissà perché i tiranni hanno sempre amato il recitar cantando?". E ripensai a Nabucodonosor, a Serse, a Nerone, a Caligola, al Principe Nero, a Riccardo III, a Cesare Borgia, a Ivan IV il Terribile e alla loro spasmodica mania di comporre e di farsi ascoltare mandando a morte chi non apprezzava, o chi non si interessava del loro poetare. Quindi mi venne in mente che anche Robespierre scriveva delle ariette per bambini, e che la Signora Duplay, sua padrona di casa, gliele interpretava alla spinetta. Al contrario Saint-Just non amava il cantato, ma preferiva le cantanti e ben altro modulare.

Un acuto strozzato, non certo dei più riusciti, mi distolse da tali considerazioni riportandomi alle solite faccende da bottegaio.

Lentamente scostai la terza porta e, votato al destino degli stonati, scivolai dentro alla loggia come un gatto nell'uccelliera di paglia.

Proiettando un'ombra minacciosa, la mia sagoma si stagliò contro luce e Totì – assente perché nel molle affaccendato – non riuscì a riconoscermi se non dopo la presentazione di rito, «Sono Rouge-Gorge», e la secca ingiunzione «Vieni fuori, animale!». Non contento, lo presi per il bavero e rivolto alla scafata che lo accompagnava intimai: «Stai buona e senza fiatare, altrimenti ti getto da basso». Poi, a forza e con coraggio, trascinai per qualche metro quel barilotto di grasso, lo sbattei contro il muro una o due volte, quindi, sfrontato, me lo lavorai con lo sguardo. Non ero più quel giovinetto incapace di un paio di anni avanti, ed egli lo intese deglutendo a ogni strattone che gli davo; e quando gli mormorai la fatidica frase «Prima di mandarti alla zocca ti farò sputare sangue», non poté fare a meno di dare suono alla sua boccuccia umettata, proponendomi un affare.

«Tu non immagini neppure chi si nasconde nel teatro» egli cominciò a mormorare con gli occhi sbarrati «una persona di grande importanza... la testa delle teste... l'orologiaio svizzero Nathey, il rubicondo vinaiolo Müller, il placido possidente Vallier, il notaio Ferrol... sì, proprio lui, e tutti loro assieme. Il Barone de Batz.»

Vedendomi trasalire, Totì alzò il tono e rilanciò: «Se giuri di lasciarmi andare ti conduco da lui... io non voglio crepare... sono solo un mercenario, un sottoposto, uno che della causa di questo o quello poco gl'importa. Mi interessa unicamente il denaro e la fama... e tu mi dovresti intendere, perché siamo della medesima pasta e, infine, ci troviamo dalla stessa parte». Detto questo strinse di nuovo gli occhi, evitando di fissarmi.

Signore – quel tanghero rappresentava tutto ciò che del mondo disprezzavo, ma tanto era simile a me, tanto mi ritrovavo nel suo parlare diretto e bastardo, che non potei fare a meno di accettare. Se fossi riuscito a catturare De Batz sarei di certo divenuto il primo campione della Francia, e ciò mi avrebbe permesso di sopravvivere alla caduta di Robespierre e, forse, anche a quella di Saint-Just, all'ulteriore giro di quadriglia, e all'avvento di chissà quale capo.

Strappandogli un labbro, ordinai a Totì di farmi strada e che non si azzardasse a ingannarmi altrimenti gli avrei piantato una palla nella pancia.

Egli mi rispose con un verso da maiale, e lesto s'infilò in un pertugio di sicurezza che immetteva in una scala a chiocciola secondaria, ripida e scarsamente illuminata.

Di nuovo mi stavo addentrando negli intestini del teatro – anch'esso enorme bestia dai cento figli e dal torace pulsante – corpo nel corpo – sia della città che dell'arte – racconto nel racconto – finzione nella finzione, dalle mille costellazioni e dai mille mosaici... "appesi al sottile filo di Arianna".

Per un poco scendemmo, poi ancora salimmo, quindi riscendemmo e risalimmo e sempre in silenzio, perché ovunque si udiva la voce dell'attore – la parola dell'istrione, del sacerdote, della guida – che accompagnava le azioni e i passi in quella cattedrale al centro dello spazio. Il solo centro che agli uomini restava.

Finalmente, a un cambio di fondale, giungemmo davanti a una porta laccata con sopra dipinte delle scene venatorie – di certo estranee a quel luogo, direi stridenti e discordanti, sicuramente pensate per ben altra collocazione o recuperate chissà da dove e chissà da quando.

A quel punto l'ex Brigadiere si girò e disse, indicando un gufo reale intagliato nella cimasa: «Siamo arrivati, oltre la porta c'è la soluzione alle tue ansie».

La sua battuta mi parve di averla già sentita pronunciare, ma non ricordai da chi, o dove, o perché mi fosse stata data. O forse era patrimonio della specie, o da considerarsi come tale. Una frase di tutti, da tutti riconosciuta, e che, prima o poi, tutti pronunciano o sentono pronunciare – come poi tutte le frasi e tutte le domande, magari in età diverse o in diverse circostanze... – ma ancora non mi venne concesso il tempo per supporre o per fantasticare. Forse non mi venne accordato dall'imprescindibile dipanarsi della trama. Infatti Totì stava già bussando e declamando in un codice prestabilito ed estraneo, mentre, al di là della parete, ben presto, colsi un parlottio distinto ma imprecisato, e quindi dei passi, poi lo scatto di un chiavistello e il ruotar di cardini.

Da dietro venni spinto all'interno della camera e, senza potermene capacitare, mi ritrovai a tu per tu con De Batz e con un altro individuo, che mi parve il direttore del teatro. Sgomento e disorientato, so solo che con prontezza e convinzione riuscii a gridare «Fermi tutti! Siete circondati!» e che quella dichiarazione contribuì di certo alla mia salvezza corporale.

Comunque, dura e calibrata – implacabile e inferta con la maestria tipica della mano abituata – giunse la mazzata, senza che me ne potessi capacitare.

Piombai al suolo, riverso e contratto, con le dita che ghermivano l'aria.

Fu inutile resistere. La nebbia mi stava avvolgendo, e il battito andava via via rallentando.

Mentre perdevo conoscenza udii pronunciare il mio vero nome – Gabriel de La Bruffière – e, in lontananza, i colpi di una tosse malefica e ostinata, come a Saint-Germain, dentro al confessionale.

Ancora una volta, sprofondando nella tenebra, stavo acquistando identità – e tracciando delle perpendicolari.

Mi risvegliai dopo circa un'ora, in chiusura di spettacolo. Silla era intento a lasciare volontariamente la guida dello Stato e melodioso cantava:

> ... una mesta felicità
> vivere in questo gomitolo di stradicciuole,
> di miseria, e di voci...
> è per me indispensabile
> trovare importanti tutte le cose...
> perché la natura è stata così avara verso gli uomini
> da non lasciarli splendere chi più chi meno
> secondo la loro interiore abbondanza di luce?

L'ovazione del pubblico mi appesantì ulteriormente il camminare.

Più volte dovetti fermarmi, appoggiarmi, e fare il punto di dove mi trovavo.

Raggiunsi Étienne che già si era preoccupato e voleva dare l'allarme.

Sorretto da Jean arrivai alla carrozza e su di un sedile mi sdraiarono.

Il nostro bravo cocchiere frustò i cavalli e da quella posizione – mio Presidente – potei vedere un'altra Parigi; una città di foglie appena spuntate, di comignoli brillanti, di vette inesplorate. Una capitale dal basso verso l'alto. Un ronzio e un frusciare di ruote che si trasformavano in gocce nelle grondaie. In passi di topi sui coppi. In nidi di cicogne. In tarli che assaporavano gl'infissi e le travi. In camicie che battevano le ali. In odori impercettibili, sinuosi e incerti, che nuotavano sugli zefiri, come fossero bave di angeli o novelle di trapassati.

Fissai Étienne, con lo sguardo di chi ha l'animo sereno. Ero ancora vivo.

Potevo respirare.

L'ermafrodito s'inginocchiò e mi abbracciò il capo. Mi passò la bocca sulla fronte. Mi baciò gli occhi. Mi succhiò il mento e quindi mi sussurrò all'orecchio: «Tu sei Rouge... Rouge-Gorge, ho il tuo nome che mi rimbalza e mi stordisce per la delicatezza che in sé racchiude. Ho un regalo per te. Un regalo per la vita».

Mi addormentai che ancora stavo annusando l'aria e, col desiderio, circondato da boschi di faggio e di betulla, stavo asciugando le terre e le rocce... le stavo asciugando, dall'umidità, e dalle muffe invernali.

MEMORIA XX

I miei fratelli. La gioventù. La vecchiaia. La caduta. L'ultimo discorso alla Convenzione. L'Arcangelo alle strette. L'accusa e poi l'arresto.

A due settimane da quell'impresa andata male, consigliatomi con Louis, divenuto – nonostante l'ostilità dei membri del Comitato di Sicurezza – Direttore dell'Ufficio di Polizia, decisi d'inviare Jean in Vandea, perché ritrovasse i miei fratelli Henri-Marie, Roger e Charles, pagasse i loro debiti – così che il nome del nostro casato, almeno in detta provincia, tornasse pulito e onorato – con loro vendesse quel poco che ci era rimasto, e quindi li conducesse a Parigi.

Essendo io il primogenito, ed essendo morta anche la mamma, i miei congiunti non si potevano rifiutare. Oltretutto Jean aveva una mia delega, accompagnata da una lettera del Comitato di Salute Pubblica, a firma di Robespierre e Saint-Just.

All'alba del 22 luglio (4 Termidoro) – la mattina in cui anche l'Arcangelo subì dei pubblici insulti da parte di Barras, capo di quei Convenzionali che in segreto stavano meditando il colpo di Stato – rividi finalmente due dei miei tre fratelli, Roger e Charles. Henri-Marie, spinto dall'orgoglio e dalla foga, un paio di sere avanti, si era fatto uccidere da vero idiota nella locanda di Épernon, a non più di 60 chilometri dalla capitale. Il punteruolo di un ex galeotto tatuato – a seguito di una futile questione di precedenze e di boccali – gli aveva trapassato di netto il cuore, di fatto che il secondogenito dei La Bruffière, mormorando il motto di famiglia *Sacrum tego aequo animo*, era spirato senza che nessuno lo potesse vendicare; in realtà Jean e i ragazzi, sotto la minaccia delle armi che i complici dell'assassino tenevano spianate, dovettero assistere da impotenti alla tragica scena, e agli ultimi fremiti del nostro povero disperato.

Ancora ho davanti le facce congestionate e affrante dei miei congiunti quando scesero dalla carrozza; il titubare e il trattenersi dall'abbracciarmi, nonché l'aria sbattuta del cocchiere e quel suo e mio senso di colpa a cui – da spassionato – diedi ben presto l'assoluzione, considerato il momento che stavamo subendo e le dinamiche che avevano provocato l'incidente sfortunato... E credetemi – Presidente – negli anni che seguirono, mi trovai spesso a meditare con partecipazione su quella triste faccenda, e sempre più a comprendere i motivi che avevano condotto Henri-Marie a perdere la vita e a lasciarci nel dolore – infatti, la forza dei giovani ha ovunque la necessità di esplodere ed esternarsi, e quindi non bisogna stupirsi se li vediamo a volte privi di garbo e ben poco astuti nella scelta di questa o quella causa. Di solito, l'impulso che li incita a schierarsi o a prendere parte alla battaglia si deve alla vista del fervore che la circonda – cioè al combustibile che brucia – più che al movente della disfida, e quindi alla giustezza delle ragioni in campo. Su tale mancanza, o positiva qualità, fanno leva i signori del mondo i quali, per conquistarli e indirizzarli al loro mercato, creano ovunque le prospettive dello scoppio, guardandosi bene dal motivarne l'origine, e dallo svelarne le prosaiche soluzioni. Proprio per questo amo più i giovani che gli anziani, più la scelta irrazionale che la calcolata circostanza, e di essi prendo le parti e predico la distanza, sognando un mondo in cui si nasca vecchi e scaltri, per poi morire da scapestrati e da infanti.

E lo stesso sento di poterlo dire riferendomi a Louis e al suo bruciarsi, al rapporto che avevamo con il tempo e con l'età, o allo spenderci fra di noi e con gli altri – tutte relazioni che definirei nel certo snaturate, prive di continuità e ben poco calibrate, come poi non sono sagge la presunzione e la corsa appassionata, la furia e l'abbaglio, l'incantamento e la serenata... Ma non si dimentichi che noi del fascino fummo i chierici erranti, così come dell'ambizione e del vanto, e altro non c'interessò, se non il facile potere e la richiesta immotivata; il fischio dei merli, e il languido osservare.

Del resto, quel luglio... quel mese di luglio dell'anno II... verrà solamente ricordato per le mosche che durante i pomeriggi con grande spasimo ci beccavano, e per le frequenti grandinate notturne... crepitanti, devastanti e senz'annuncio.

Rammento pure il fastidioso canto dei galli – veramente strano per la capitale – in vero, in due anni, mi capitò di vederne un solo esemplare, al ristorante "Lyon", poco prima che finisse impadellato; poi le *soirées* trascorse a place de Grève, ascoltando i musici e i cantastorie; quindi le pupille dei ragazzi innamorati, e il loro distacco spensierato, intanto che la ghigliottina – a 50 passi – non si stancava di tagliare e tagliare.

In effetti, decine erano le carrette piene di condannati che transitavano per la città... in rue de la Monnaie, in rue Nationale, in quai de la Mégisserie, in rue du Roule e in place du Trône-Renversé... ormai anche di notte, o durante le feste comandate.

Fra quei volti sconvolti, notavi persone di già rassegnate e piangenti, o altre le quali, infuocandosi, invocavano aiuto o si dicevano innocenti, oppure alcune che, con smorfie e frasi sconnesse, urlando tentavano di muovere a pietà la gente, o altre che danzavano e, mostrando il posteriore, schernivano la folla e i sanculotti presenti. Certune arrivavano addirittura a scherzare con il boia, o a insultare il nome della Virtù e del Diritto Rivoluzionario. E infine certe altre – da me ammirate – pregavano assenti ed estatiche, non curandosi della confusione o delle ingiurie degli astanti.

Mai, come in quelle giornate, e anche a seguito del mancato attentato che gli fece la vedova o la figlia del Conte Jean Lambert – poco prima giustiziato in place Antoine – dicevo, mai come in quelle giornate Louis si era sentito pronto a ribattere e a contrattaccare, sebbene avesse già avuto sentore, tramite quei segnali oltremodo evidenti e sfacciati, dei pericoli che lo circondavano. Però credo che nei confronti di tali minacce, più o meno velate, non abbia mai provato soggezione o paura, preferendo rifugiarsi nel ruolo solito di intoccabile e implacabile, che le chiacchiere gli attribuivano fin dai tempi del ginnasio e, soprattutto, nel mito che aveva di sé, o nella fama di strenuo combattente che ovunque lo accompagnava, continuando, in piena fiducia, a dar sfogo ai suoi appetiti sessuali, e ai vizi della cucina e dell'azzardo. Ma poi, e senza dubbio, egli non fece che bene – e così lo posso affermare a distanza di 50 anni – infatti l'epilogo di quella maledetta faccenda non tardò molto ad arrivare.

Dopo l'inabile e sconclusionato discorso contro tutto e tutti che Robespierre tenne alla Convenzione il 26 luglio (8 Termidoro), e la posizione contraria che assunse l'intera Assemblea nei suoi confronti, Saint-Just compreso – difatti egli rimase neutrale e non parlò a difesa del maestro il quale, allibito e alterato da evidenti crisi persecutorie, si attendeva da parte dell'Arcangelo un aiuto manifesto – Louis, stilato un accordo con Barère, ormai nemico dichiarato dell'Incorruttibile, pensava di avere dalla sua i parlamentari apertamente ostili alla politica repressiva e restrittiva varata da Maximilien, così da poter contare su di loro per proporsi quale guida indiscussa dello Stato. Ma ciò, come sappiamo, non avvenne, perché i Convenzionali ostili – favoriti anche dalle tresche di De Batz, e da un'accusa mossa nei confronti del nostro amico Agostino, che lo additava quale trafficante di Beni Nazionali – facendo leva sulle aspirazioni di Saint-Just, e sulla sua vanagloria, se ne erano serviti unicamente per dare il colpo di grazia al "Vero Tiranno", come appunto il popolo definiva l'avvocato di Arras, prendendo nella rete anche buona parte dei suoi più stretti collaboratori... Louis compreso. E anche se "la Rivoluzione, causa il terrore e la fame, stava eliminando tutti i fondatori del nuovo pensiero liberale", a tale massima – fino all'ultimo – Saint-Just non volle credere, reputandosi al di sopra delle parti, un vero benefattore, e un Saturno, unico a poter divorare i propri figli e a decidere sulle fortune della Patria.

E neppure la movimentata seduta al Comitato di Salute Pubblica, tenutasi quella medesima notte fra il 26 e il 27 luglio (8-9 Termidoro) 1794; neppure l'attacco che, durante la riunione, i suoi stessi compagni giacobini Collot e Carnot – sentendosi a loro volta minacciati – gli diedero, stringendolo in un angolo, da cui solo tramite la freddezza e i suoi occhi di ghiaccio poté evadere; neanche le filippiche contro di lui che quella carogna di Fouché teneva nei corridoi della Convenzione, suscitando l'allarme e l'irritazione dei parlamentari più moderati, o le notizie poco rassicuranti provenienti dalle sezioni e dai club rivoluzionari dei sobborghi, lo indussero a cambiare opinione e a ritagliarsi una possibile via di scampo.

Testardo e cieco, pensò che alla fin fine il popolo di Francia avrebbe dovuto riconoscere i suoi meriti e le sue vittorie, e che quindi sarebbe stato portato in trionfo proprio da coloro che stavano diffidando, contrastando o tergiversando; illudendosi che la gente comune – che nel suo intimo da sempre disprezzava – lo potesse accettare e plaudire affidandosi a una lucida interpretazione intellettuale.
Ma, ingenuo o pazzo, egli si sbagliava.
Non a caso le masse – così come sostenevano anche Danton

e Mirabeau – vanno indirizzate e affrontate con frasi brevi, imperiose, taglienti, sfrontate, ricorrendo ai luoghi comuni e alla più banale evidenza dei fatti, e non abbandonate al puro ragionamento democratico, o allo sviluppo logico e argomentato. Perché l'evoluzione diventa in breve catastrofica e ingovernabile, mentre l'esito viene compromesso e travolto dalle briglie lente, e dalle singole rimostranze.

Comunque, in quell'alba del 27 luglio, forse per eludere ombre e timori, e per affidarci, quale volontà, alla ricordanza e al fatuo, invece di parare il parabile, ci limitammo a recarci al Bois de Boulogne, ad affittare al maneggio un paio di stalloni della Spagna, e a compiere una lunga passeggiata discorrendo del nostro ermafrodito; dell'amico armaiolo Jacques Vasseur, che si era rotto un braccio per lo scoppio di uno stampo; dell'ernia che il medico aveva diagnosticato a Charles, il mio fratello più piccolo; degl'imprenditori parigini e dei commercianti di spezie, instancabili nel chiedere aiuti allo Stato, e fiacchi nel corrispondere alle tasse; quindi del campione Gatò, sommo nel gioco del bracciale e della pallacorda, e su cui avevamo scommesso per intere settimane; e anche di Geneviève, la prostituta di rue de la Montagne-Sainte-Carole, dalle gote truccate e guercia da un occhio, la quale si dava agli uomini di fatica cantando la Marsigliese a gambe spalancate; poi delle cariche guidate da Louis durante la battaglia di Fleurus; dei nostri tanti volontari che come invasati si gettavano contro i dragoni avversari, tagliando con le falci i garretti dei cavalli; e di quando, finito lo scontro, conquistato dalla forza morale di quei combattenti, e in piena comunione civica e repubblicana, egli si era inginocchiato davanti alla bandiera di Francia, e l'aveva più volte baciata.

Più tardi, verso le otto, esausti ma risollevati, ci recammo a casa nostra dove, rinchiusosi nello studiolo, ed evitando i brontolii di Étienne la quale – da brava massaia – lo voleva costringere a dormire e a mangiare, passò il resto della mattinata preparando il discorso che, nel primo pomeriggio, avrebbe dovuto tenere davanti all'Assemblea Nazionale.
Preso dall'incarico, lo vedemmo riapparire solo dopo le undici passate, con le pupille febbricitanti e la camicia madida per il sudore. Egli domandò un alchermes e poi, cambiandosi di abito – vestendo giacca di nocciola e pantaloni color panna – ne chiese un altro che tracannò tutto d'un fiato. Quindi, affacciato-

si alla finestra e illuminato dai raggi del sole, carezzando svogliatamente i fianchi di Étienne, mi pregò di chiamare Jean e di tenerci pronti e armati.

Giungemmo alla Convenzione solo verso l'una e un quarto, quando l'adunanza era da tempo iniziata; e mai vidi così tante persone affannarsi per occupare un seggio sulle gradinate, o solamente per intrufolarsi e poter ascoltare. Infatti in quei tempi l'odore della novità si spargeva ancor prima che il fatto fosse accaduto, quasi che la cittadinanza – dopo anni di precarietà e ristrettezze – avesse sviluppato una "proboscide" collettiva con cui, fiutando l'aria, fosse in grado di anticipare gli eventi e le disgrazie.

Aprendoci un varco tra i molti parlamentari e colleghi, i quali affettavano addirittura d'ignorarci, ci trovammo nei pressi della tribuna degli oratori con Dumas, il fedele Dumas, che in breve ci fece il riassunto dei precedenti interventi, mettendoci al corrente degli umori della platea.

Il vociare perdurava intenso, anche quando il nuovo Presidente della Convenzione, il bisbetico Collot d'Herbois, sbatteva il bastone argenteo sul pavimento, assordando i delegati più vicini, e irritando quelli in attesa di parlare.

La confusione si attenuò – come sempre era successo – allorché venne fatto il nome di Saint-Just e gli si diede facoltà di intervenire. Fu allora che Louis, con lo sguardo torvo e la mano sulla fronte, si avviò verso la cattedra, salì i nove gradini stretti e sdrucciolevoli – dai quali, un anno prima, era caduto il buon Gensonné esclamando «Questa sembra la scala del patibolo!» – quindi svolse i fogli e, rischiarandosi la voce, si accinse a leggere.

Quello fu un altro gravissimo errore – mio Presidente – l'ennesimo di una serie: infatti, affidarsi in tale contingenza a un testo scritto e non all'improvvisazione oratoria divenne quanto mai inopportuno e imprevidente. Se egli avesse parlato con veemenza e a braccio, fin dall'esordio, avrebbe sicuramente impedito i clamori e le sconvenienti interruzioni della plebe, a partire da quei primi applausi che sottolinearono l'entrata in aula dei membri dei Comitati e dei portainsegne.

Nonostante ciò, e a rischio di fallire, egli imperterrito tirò avanti, ponendo una sequenza di domande retoriche le quali, maggiormente, parvero attenuare la baldanza e la superiorità che invece avrebbe dovuto ostentare.

Fu allora che cominciai seriamente a pensare che la partita, per noi, stava volgendo al termine, e ancor di più quando un grido sdegnato e brutale pose fine, con decisione, al suo discorso sgangherato. Era Tallien il Savoiardo che, infischiandosene del regolamento, dall'emiciclo salì di corsa alla tribunetta e, preso l'Arcangelo, lo scaraventò giù dal palco.

Dietro a lui arrivò anche Billaud-Varenne, il quale – interrompendo a sua volta Tallien, già intento ad accusare Robespierre e Saint-Just per tradimento e atteggiamento anti rivoluzionario – con audacia plateale pronunciò una prima frase molto incisiva e penetrante: «Ieri alcuni uomini osarono dire di voler abolire la Convenzione e i Comitati per eleggere un dittatore. Eccone qui uno!» indicando Louis. «Ed ecco sulla Montagna l'altro!» additando Maximilien, per poi, efferato, proseguire: «Voi, popolo di Francia, permetterete ciò? L'Assemblea perirà se si mostrerà debole. La libertà anche! Svegliatevi quindi. È giunto il momento di prendere posizione!». E chiamò un gruppo di energumeni che si misero intorno a noi.

Fu da quell'istante che principiò una disputa inaudita.

Accuse, difese, dichiarazioni, ritrattazioni, frammiste a sentimenti di rivincita, a odi repressi, a invidie – di già rese manifeste – a rivalse, polemiche, gelosie, brame di castigo e – perché no – di successo, con il tutto che andò avanti fino alle quattro del pomeriggio, e con l'Arcangelo sempre fermo e zitto, ai piedi della tribunetta. Impettito. Assente. Chiuso in sé. D'un colpo vinto. D'un colpo umano... non appena venne sancito anche il suo arresto. Come di chi ha tanto laboriosamente qualificato la sua personalità e la sua cultura, così da far sorgere nel proprio animo una tendenza ossessiva che lo spinge – allorquando viene toccato nell'identità e nel valore – all'isolamento e alla remissione; benché questi ultimi siano sentimenti estranei alla sua natura, o alla visione che lui ha della vita.

Da parte nostra, e per ben altre motivazioni, non accennammo alcuna reazione bellicosa, e anzi, approfittando del trambusto e della conclusiva ovazione, eludendo i mastini e i gendarmi accorsi, com'era mia buona abitudine spinsi Jean a guadagnare l'uscita, travolgendo persone e ostacoli inopportuni.

MEMORIA XXI

Le ultime battute. Forse un lieto evento. L'estremo tentativo.
Poi la fuga e la rivincita.

La via per Tonnerre, attraversando la foresta d'Othe, evitava i grossi centri abitati, e correva sinuosa e ombreggiata.

I cavalli, nonostante le salite alquanto ripide, avanzavano potenti e veloci. Scegliendo i migliori della scuderia, ancora una volta il bravo Jean era stato previdente.

Galoppavamo e ci arrampicavamo spediti, perché non appesantiti da bagagli o sacche da viaggio, e anche nell'appartamento di rue de Caumartin avevamo lasciato ben poco: un abito azzurro dell'Arcangelo, appeso nell'armadio, e una grossa cesta di vimini, colma di libri e di manoscritti. Qualche settimana avanti Saint-Just si era venduto l'intero arredamento e i restanti oggetti di valore – reliquie comprese – per onorare una forte perdita a ramino. In aggiunta aveva chiesto 2.000 franchi in prestito a un certo Villiers, pasticciere e suo compaesano di Blérancourt, firmandogli una cambiale che non gli avrebbe di certo più pagato.

Considerati i fatti, il solo del manipolo a darmi delle preoccupazioni era Étienne. Lo stato di salute gl'impediva di compiere grossi sforzi, perché il suo caso si manifestava particolarmente delicato. Doveva riguardarsi e restare il più possibile coricato, e così gli aveva ordinato il cerusico, prescrivendogli farmaci la cui somministrazione avveniva a ore intercalate, e non senza rigurgiti e boccacce. Comunque, la condizione di Étienne rientrava fra le "malattie di crescita", o definite dalla scienza come tali. L'ermafrodito, per la gioia di tutti, ci avrebbe reso... mi avrebbe reso padre – o almeno così sembrava. Me lo aveva detto chiaramente, evitando inutili preamboli, mentre suonava il mezzogiorno del 28 luglio – poco prima della fuga da Parigi. Entrato nella toilette, dove stavo raccattando le mie poche cose, con serenità si era rivelato tutto in un fiato: «Gabriel, aspet-

134

to un figlio. Sono di tre mesi. Ormai è sicuro. Non so, fra te e Louis, chi sia stato. Sarà però il nostro bambino. Il figlio nato dal nostro legame».

Tali parole, che in quegli attimi risuonarono inebrianti, al contempo non mi strabiliarono. Quasi me l'aspettavo. A parte il desiderio, fra noi non si erano mai usate precauzioni e tantomeno quei "funesti segreti", quei lattici, quelle membrane, quelle budelline di capretto di cui i preti dai pulpiti si lamentano.

Avevo già notato in lui dei cambiamenti, e insopportabile era diventato il via vai degli speziali e dei medici che tentavano di dare una spiegazione al suo perdere di peso, e al vomitare a ogni odore o sapore diverso. Certo è che egli rientrava fra le creature atipiche, quindi qualsiasi manifestazione che lo vedeva soggetto o protagonista metteva in agitazione l'intera comunità scientifica della capitale, la quale da anni si mostrava interessata alle sue evoluzioni fisiche e ai suoi stati mentali. In ogni modo, è pur sempre meglio incontrare un così detto "essere ambiguo" come Étienne, dall'indole equivoca e in perenne formazione, piuttosto che un individuo definito e coerente, dai tratti seri e rivelanti impegno.

Il primo, al solo avvicinarlo, ti inquieterà la vita modellandola nello stupore e nel sorriso, al secondo non resterà che misurarti i passi e tediarti, perché simulacro vivente di come l'esistenza non può essere che movimento e giostra, non certo abitudine, conformazione o pedanteria.

In vero – mio Presidente – nonostante codeste o quelle mie considerazioni, dettate più che altro dalla continua e spasmodica ricerca di piacere, e non tanto dalla costruzione di teorie o dogmi confacenti, rimaneva pur sempre il problema Étienne, con il persistente affanno e la mobilità che gli era impedita. Oltretutto noi eravamo diretti in un luogo ameno e alquanto ostile, per incontrare persone non certo di garbo o raccomandabili. Difatti, al crocevia di Monthard, secondo Pierre-Antoine detto *le Guerrier* – divenuto la nostra guida – ci stavano aspettando *Sanspouce, le Bûcheron*, François il Nizzardo, *l'Homme du Brabant* e *Lily Demi-bas*... tutti un po' *barbets*, un po' Compagnons de Jéhu, oppure semplici *culs-blancs* sbandati – cioè soldati disertori o ammutinati che si erano dati alla macchia – prime avanguardie della famigerata banda di Bizet l'Incendiario, bandito figlio di banditi che avevo conosciuto durante i moti di Saint-Dizier e di Châlons-sur-Marne, quando combatteva al soldo dei monarchici, e a cui mi sarei unito per dividere la strada.

Giunti alla stazione di posta di Flogny, mi guardai attorno e chiesi in giro fino a quando una servetta macilenta e deperita mi informò che in quel di Châtillon-sur-Seine, presso la fattoria di Viviane Aisance, vedova del bracconiere Dolivier – fatto giustiziare dal Conte di Selongey per due lepri e un cinghialetto – si era venuto a creare una specie di beghinaggio o convitto laico dove una decina di ex monache, provenienti da alcuni ordini disciolti, campando con il ricavato della terra, o mediante la vendita di granaglie e di frumento secco, davano ospitalità a giovani emarginate o a piccole orfane di guerra, di modo che, preso da parte Étienne, mi accinsi a iniziare una lunga opera di convincimento che, partendo dalla Marchesa di Amiens e dal nostro primo bacio, terminò nel pianto e nello strazio quando, per non rischiare di perdere il bambino, egli comprese che ci doveva lasciare per fermarsi. Con ciò, lo rassicurai di cuore che il distacco sarebbe durato solo un qualche mese, e che l'amore nei suoi confronti, anche merito della nostalgia data dalla lontananza, si sarebbe in noi amplificato, e che in breve ci saremmo riuniti... lui, io, Louis, il neonato, Jean e i miei fratelli... in un'unica grande famiglia – quella famiglia che a tutti noi era venuta a mancare. Avevo messo nella lista anche Saint-Just perché, con l'ermafrodito, quale rispetto alla gravidanza e allo stile, non si era fatto parola dell'arresto e neppure della caduta di Robespierre e dei suoi seguaci. Eravamo rimasti nel vago, comunicandogli che, causa una sommossa in atto, e le uccisioni perpetrate, bisognava abbandonare Parigi per un po' di giorni, in attesa che il nostro Arcangelo aggiustasse le cose.

Étienne, ammansito dalla gestazione, non aveva fatto storie e, riservato e abituato a obbedire, non si era permesso di chiedere altro, sottostando alle rapide ingiunzioni. Ma quando lo vidi davanti alla porta dell'ostello, con il suo fagottino stretto al petto, a rigirarsi sul dito l'anello di fidanzamento, per un attimo fui preso da quell'agitazione e da quel senso di squilibrio che avevano contrassegnato e condizionato i miei trascorsi cittadini. Mi sentii di nuovo solo. I battiti del cuore aumentarono. Lo stomaco si attorcigliò. Le mani sudate si raggelarono. Il petto si svuotò e, per respirare, dovetti concentrarmi e pensare di farlo.

L'ermafrodito, abbassati gli occhi, cominciò a frignare sommessamente, mentre una consorella lo stringeva a sé per portarlo in casa.

Avvicinatomi, dovetti giurargli che ci saremmo tutti ricongiunti molto prima di Natale, e che nostro figlio sarebbe venuto alla luce con me e Louis al suo fianco; poi, allungando quale dote 500 franchi alla religiosa responsabile, montai a cavallo e mi allontanai senza più guardare.

Quella fu l'ultima volta che vidi Étienne. Tornai a Châtillon-sur-Seine dopo qualche anno, ma la comunità si era sciolta per volere governativo, disperdendosi per l'intera Francia. Però – e nonostante le bugie e il travaglio – a volte ancora me lo sogno, o lo incontro nei piccoli gesti che mi scandiscono le giornate; alla mattina riassettando il pagliericcio sul tavolo, oppure quando – ad esempio – mi intrattengo studiando il comportamento degl'insetti che affollano la mia stanza; o anche salendo alla finestrella, ogni qual volta tendo l'orecchio per ascoltare il mare; quel mare lontano che Étienne non aveva mai amato. E non so – mio Signore – se poi sono divenuto padre o che altro; oppure se Dio mi ha privato anche di tale soddisfazione naturale. Certo, comunque, che quel figlio o figlia o androgino che sia oggi avrebbe 55 anni, e che, se realmente fosse vivo, ne avremmo di sicuro sentito parlare. Da me, da Louis e da Étienne non poteva che nascere il vero essere supremo, la perfezione incarnata, l'atemporale, l'esclusivo, il dominante... e in tal modo ancora mi consolo, immaginandone i tratti, le maniere superiori, il portamento, la sicurezza, la potenza, la somma generosità e lo scatto.

Ma andiamo oltre, così da terminare in gloria codesta confessione... e codesto strazio.

Affidato Étienne a mani gentili, appena mi ricongiunsi al drappello ci rimettemmo in marcia per poi, a sera, giungere a Ravières.
Sotto al fico che ombreggiava la locanda, di fronte a Jean e a una superba bottiglia di vino del Rodano, sebbene nell'animo schiantato e nel corpo martoriato, mi sciolsi e ventilai i polmoni, ripercorrendo le ultime ore passate a Parigi e il nostro fallito tentativo di liberare Saint-Just; anche se poi nulla, riguardo a tale faccenda e tale sbaglio, ebbi mai da rimproverarmi.

Delle vicende che seguirono la cattura dei giacobini, e sulla caduta della Comune e del vertice dello Stato, nonché sull'irruzione delle Guardie Convenzionali e sul ferimento di Robespierre in piena faccia, già Vi dissi in breve, e qualsiasi storico meglio di me Vi potrà riferire in maniera più valida. Ciò che invece mi preme raccontarVi è come l'Arcangelo rispose passivamente a ogni stimolo a lui indirizzato – sia buono che cattivo – e come poi si abbandonò, nonostante la fierezza e il coraggio, ai voleri di una falsa giustizia... della sua giustizia... di quella giustizia borghese al cui avvento lui medesimo aveva contribuito.

Dalle Tuileries – luogo dove i prigionieri erano stati condotti e legati; e dove io, furtivo, lo vidi per comunicargli di prepararsi alla battaglia – verso le nove di mattina, sempre di quel maledetto 28 luglio, il gruppo degli arrestati venne fatto uscire per essere portato alla Conciergerie, così da affrontare un processo sommario, e quale anticamera alla pena capitale.

Con i ragazzi, tramite la delazione di un certo Dufourny, pulitore di stalle e spia al mio servizio, mi ero piazzato all'imboccatura del Pont Saint-Michel, aspettando che il piccolo corteo transitasse. Avevamo tre pistole a testa e, sotto al mantello, gli archibugi scavezzi caricati a schegge di vetro e a limatura di ferro.

Non appena la prima delle due vetture scoperte apparve scortata da 4 corazzieri e da alcuni sanculotti appiedati, diedi il segnale a Jean il quale, alla guida di un carro, si mise di traverso alla strada. Il resto lo fecero i miei fratelli, accendendo alcuni grossi petardi che, gettati in mezzo alla via, esplosero con un grande boato, imbizzarrendo i cavalli dei nemici e disarcionandone un paio. Nel frattempo, da destra, voltò e giunse anche la seconda carrozza su cui intravidi Louis e Payan, ambedue incatenati e pallidi, così che verso di loro mi slanciai a balestra, mentre Jean, Charles e Roger tenevano sotto mira le divise, che leste e demotivate alzarono le braccia senza opporre la benché minima resistenza.

Estremamente nervoso, perché potevo essere facile bersaglio di una qualsiasi schioppettata, mi avvicinai a Saint-Just sforzandomi di sorridere per sdrammatizzare la circostanza, ma chi mi trovai davanti era un ventiseienne... un mio coetaneo... dallo sguardo ormai assente e non più luminoso come la sera avanti. La mancata reazione delle masse cittadine, e la definitiva riprova che il popolo segue il vantaggio immediato, e non certo l'utopia o il progetto globale, lo avevano fatto sprofondare in una indecente abulia. Infatti al mio invito «Dai, vieni!», egli rispose con un cenno negativo della mano e con la frase «Vi voglio bene... non ti preoccupare... mettetevi in salvo», quasi fosse un novello Cristo votato a quel sacrificio che lo avrebbe dovuto elevare a simbolo dell'individuo e dello Stato rivoluzionario.

Alla seconda sollecitazione che gli feci, neppure rispose e, non curandosi di me, girate le spalle, scambiò alcune battute sardoniche con Payan, per poi gettare il capo all'indietro e fissare la continuità dello spazio che lo sovrastava. Intanto centinaia di mimi e di comparse dell'Opéra, bizzarramente vestiti con toghe romane e incoronati di edera e lauro – accompagnati da singoli suonatori o da bande musicali – stavano giungendo da tutti gli angoli della città perché convocati dal pittore David, responsabile della grande manifestazione in onore dei martiri repubblicani Bara e Viala.

Senza alcuno spargimento di sangue, richiamati i ragazzi e salutati i morituri, ventre a terra e favoriti da tale mascherata, imboccammo la direzione di casa.

Stranamente e pazzamente Louis stava andando al patibolo anche a nome nostro, e con lui la Rivoluzione intera, ma per noi la vicenda non era ancora terminata, anche se l'esito ormai si stagliava evidente e scontato.

Da Ravières, il giorno seguente – 4 agosto 1794 – partimmo alla volta di Monthard. Lungo il percorso, precisamente ad Aisy-sur-Armançon, ci si affiancò un corriere militare proveniente da Parigi e diretto a Digione.

Per una catasta di tronchi tagliati e scesi a valle, il guado del paese era impraticabile; dovemmo quindi aggirare lo sbarramento e perdere un po' di tempo che, fingendomi all'oscuro e professionalmente estraneo, sfruttai ponendo al militare alcune domande; in particolare sulla fine dell'Arcangelo e su quel travaglio. Al cavaliere non parve vero e cominciò a dire che nessuno più lo fermava. Appresi così che dalla Conciergerie tutti i "cospiratori" robespierristi – 22 per l'esattezza – dopo aver percorso per ben due ore i boulevard, tra una marea di gente esultante ed eccitata, vennero condotti sul Campo della Rivoluzione verso le sei di sera; che Saint-Just fu il penultimo a venire giustiziato; che lo seguì solo il sindaco Fleuriot-Lescot, perché ritenuto il vero autore della tentata rivolta di Termidoro, e che ben pochi – in proporzione agli altri – furono gli applausi che scrosciarono allorquando il cranio di Louis cadde nel paniere, e il boia lo mostrò alla piazza.

Il suo corpo, denudato e cosparso di calce, venne poi sepolto in una fossa comune del cimitero degli Errancis, mentre la testa... la sua testa regale... sparì nel nulla. Alcuni dissero che era ruzzolata nel vicino canale del Baion; altri che una delle sue amanti, seducendo i becchini, l'avesse trafugata per poi, in gran segreto, tumularla nelle aiuole del Panthéon. Io invece, dando voce al filosofo Schulze e al poeta Novalis, sostengo che il capo dell'Arcangelo fu acquistato dal Signor di Saint-Maclou – della famosa ditta Saint-Maclou e Figli – e quindi da lui imbalsamato e venduto quale prezioso cimelio al Generale polacco Dabrowski – che in seguito combatté gloriosamente sotto le insegne dell'Imperatore Vostro zio – il quale, a sua volta, poi lo avrebbe ceduto, per un'altissima cifra, al nostro caro Professor Lavater, i cui eredi ancora lo conservano in quel di Zurigo, sotto chiave e sotto vetro.

La sera del 4 agosto 1794, salutato il baldo portaordini e giunti finalmente alle porte di Monthard, ci trovammo di fronte una decina di giovanottelli, di non più di 18 anni ognuno, che montavano di guardia a dei fantocci di stoffa, appesi ai rami di un castagno. Fra quei pupazzi, che volevano rappresentare Maximilien, Saint-Just, e alcuni dei ghigliottinati del 28 luglio, dondolava anche un impiccato vero, un *mathevon*, un così detto "bevitore di sangue", un giacobino sindaco di quella cittadina, massacrato a colpi di aratro, e poi appeso qualche giorno avanti – infatti il cadavere, ricoperto di tafani, era gonfio e puzzava in modo ributtante.

Avvicinatomi al gruppetto, notai che molti dei ragazzi, oltre a essere alquanto eleganti e profumati, portavano in testa una parrucca – che poi seppi confezionata con i capelli degli aristocratici decapitati – e al fianco un corto spadino, come vezzo e simbolo di distinzione. Quelli erano i *moscardini*: giovani monarchici istigati da De Batz e dalla reazione, i quali, vista l'occasione favorevole, stavano rispuntando dall'ombra per pareggiare i conti, o aprirne dei nuovi.

Armati con manganelli piombati, parlavano fra di loro mangiandosi le consonanti e spingendo sulle esse e sulle ci, in acuti sibilanti, da veri sofisticati, e da esibizionisti da strapazzo. E come ci videro interessati e in procinto di avanzare, spingendo avanti e indietro gl'impiccati, intonarono una ballata composta per l'occasione:

Ecco i ghigliottinatori infaticabili.
Eccoli alla buon'ora, con gli occhi infossati.
Guardateli bene... guardateli soffrire.
Furono lo spavento, adesso stanno a morire.

Senza neppure metterci d'accordo, e simultaneamente, Roger, Charles, Jean, *le Guerrier* e io estraemmo le pistole e gli archibugi, facendo fuoco a bruciapelo e a tutto spiano.

Dalla scarica non ne uscirono vivi in molti. I pochi fuggitivi – mentre noi, con scrupolo, sgozzavamo i feriti – finirono tra le braccia degli amici che stavamo aspettando.

Con quell'atto e quella strage – Signor Presidente – iniziò formalmente la nostra carriera di briganti.

Di nuovo liberammo gl'istinti e approfittammo delle occasioni – realizzando quello che ci conveniva o uccidendo per tentare di ravvivare il calore; quasi che la violenza fosse per noi l'ultima patria del mito e della passione... quasi che la violenza ci rendesse ancora uomini.

Ma pur questa è un'altra memoria, da raccontarsi a Vostra discrezione; ora compatite lo sfogo e il rantolo bestiale che... oggi più che mai... rientra nelle mie più tragiche, e sconcertanti dedizioni.

Ora compatite l'umano mio desiderio di fisionomia, e di orgogliosa rievocazione.

L'AUTORE

Poeta, narratore, pittore, teorico d'arte, Gian Ruggero Manzoni, uomo dall'esistenza oltremodo avventurosa, ha pubblicato con numerosi editori, italiani e stranieri. Alcuni titoli dalla sua multiforme produzione: *Pesta duro e vai trànquilo. Dizionario del linguaggio giovanile* (1980), *Il dolore* (1991), *Caneserpente* (1993), *Peso vero sclero. Dizionario del linguaggio giovanile di fine millennio* (1997), *Il morbo* (2002), *La Banda della Croce* (2005), *Tutto il calore del mondo* (2013), *Briganti. Saracca & Archibugio* (2015), *La torre* (2016). Nel gennaio 2019 il giornalista e scrittore Pier Paolo Giannubilo ha pubblicato, con Rizzoli, un intenso romanzo verità titolato *Il risolutore*, la cui protagonista è la vita del nostro autore.

www.ingramcontent.com/pod-product-compliance
Lightning Source LLC
Chambersburg PA
CBHW071304130626
46556CB00003B/1468